Une innocente conquête

CAITLIN CREWS

Une innocente conquête

Traduction française de
CATHERINE BENAZERAF

AZUR

HARLEQUIN

Collection : Azur

Titre original :
A TYCOON TOO WILD TO WED

HARPERCOLLINS FRANCE
83-85, boulevard Vincent-Auriol, 75646 PARIS CEDEX 13
Service Clients — www.harlequin.fr
ISBN 978-2-2805-1311-1 — ISSN 0993-4448

Édité par HarperCollins France.
Composition et mise en pages Nord Compo.
Imprimé en février 2025 par CPI Black Print (Barcelone)
en utilisant 100% d'électricité renouvelable.
Dépôt légal : mars 2025.

MIXTE
Papier issu de sources responsables
FSC® C159065

Pour limiter l'empreinte environnementale de ses livres, HarperCollins France s'engage à n'utiliser que du papier fabriqué à partir de bois provenant de forêts gérées durablement et de manière responsable.

1

— *Pardon* ? Que dis-tu ?

Affichant la sombre arrogance dont il était coutumier, Asterion Teras jeta un coup d'œil inquisiteur à la frêle vieille dame, vêtue de noir de pied en cap.

— Tu as parfaitement entendu, rétorqua sa grand-mère.

Dimitra soutenait son regard avec la sagacité qu'Asterion lui connaissait. Trônant dans son imposant fauteuil, elle avait toute l'apparence d'une souveraine, mais il n'avait pas pour habitude de plier le genou devant qui que ce soit. Y compris celle qui tenait les rênes de ce qu'il lui restait de famille. Cependant, la matriarche prit la peine de répéter la phrase qui avait laissé son petit-fils abasourdi :

— Il est grand temps de te trouver une épouse, mon enfant.

— Ce n'est pas du tout dans mes projets, Yaya, rétorqua sèchement Asterion.

Il avait beau espérer mettre ainsi un point final à la discussion, rien ne le garantissait.

Un instant, il s'absorba dans la contemplation du vaste salon lumineux, à la décoration raffinée, et admira la vue sur la Méditerranée dont les eaux scintillaient autour de la petite île sur laquelle se dressait la villa.

Depuis des temps immémoriaux, la majestueuse demeure – érigée sur la propriété offerte à un lointain aïeul en remerciement d'un service rendu à un monarque du passé – faisait l'orgueil des générations successives de Teras.

Elle se dressait au sommet d'une colline, dans l'un des secteurs les plus prisés de l'île, offrant une perspective imprenable sur la quasi-totalité du minuscule royaume. On en parlait à la ronde comme du château de Dimitra Teras, laquelle était plus que satisfaite d'être considérée comme une reine régissant le sort de ceux qui l'entouraient.

D'ailleurs, ne pouvait-elle se vanter d'entretenir des liens d'amitié avec la souveraine du moment, rarement vue en public ? Dimitra estimait être l'égale de celle-ci, chose que personne ne s'aventurait à contester.

Pas même Asterion, qui ne reculait jamais devant la contestation.

À l'autre extrémité de la pièce, Poseidon, son frère jumeau, était planté devant l'une des hautes fenêtres. La manière dont il courbait les épaules, suffisait à indiquer à Asterion qu'il se joignait à son refus de convoler.

Les deux frères trouvaient fort distrayante la légende de leur supposée rivalité propagée par la presse à scandale. Ils s'entendaient à merveille, et n'étaient nullement en compétition pour la possession de la fortune familiale.

Cependant, ils préféraient ne pas rétablir la vérité : s'ils semblaient en concurrence, ce n'était pas par hostilité l'un envers l'autre, mais parce qu'ils adoraient la compétition. Chacun s'était investi dans les florissantes affaires héritées de leurs ancêtres, avec l'esprit d'émulation qui les habitait depuis leur naissance – voire dans le sein maternel, à en croire ce qu'ils avaient entendu dire par leur mère, avant son décès.

Leurs deux parents, ainsi que leur grand-père, avaient disparu dans un accident de voiture alors que les jumeaux n'étaient âgés que de douze ans.

C'était un funeste souvenir sur lequel Asterion préférait

ne pas s'attarder. Il n'avait oublié ni la violence du choc, ni le drame qui s'était ensuivi.

— Tous les deux, vous avez fort besoin de prendre épouse, insista Dimitra sur un ton solennel. Vous vous comportez comme des loups solitaires. Et c'est de pire en pire. Je ne saurais dire lequel jouit de la plus affreuse réputation !

Poseidon éclata de rire.

— J'espère bien que c'est moi ! s'exclama-t-il. Je fais ce qu'il faut pour cela, en tout cas.

— Balivernes ! répliqua Asterion en haussant un sourcil. Tu es le play-boy chéri de ces dames.

— Ah, tout le monde ne peut pas se glorifier d'être appelé « l'Ogre de la Méditerranée » ! lui retourna Poseidon avec son habituelle décontraction.

Il souriait largement, tandis qu'Asterion affichait un visage sombre – physionomies usuelles de chacun.

— Je suis vieille, proclama leur grand-mère. La mort commence à rôder autour de moi.

C'était une affirmation peu convaincante de la part d'une femme ayant déclaré précédemment qu'elle avait la ferme intention de braver les ravages du temps, et de demeurer immortelle. Ses deux petits-fils la dévisageant avec des yeux ronds, elle leur adressa un sourire qui n'aurait pu recevoir meilleur qualificatif que celui de « dangereux ».

— Pas plus tard que la semaine dernière, tu as fanfaronné que ton médecin te trouvait en meilleure forme qu'une trentenaire, déclara Asterion. On ne peut pas vraiment dire que tu sois à l'article de la mort !

Dimitra pinça les lèvres.

— Quoi que vous en pensiez, le temps m'est compté, lâcha-t-elle. Et je n'ai pas envie de voir cette famille partir à vau-l'eau simplement parce que vous êtes deux bons à rien. Je suis parfaitement au fait de toutes vos fredaines.

Le grand éclat de rire de Poseidon rappela à son frère que la presse à scandale ne cessait de s'extasier sur sa puissance séductrice.

— Des bons à rien ? s'exclama-t-il. Je ne suis pas certain que nos actionnaires approuvent ce qualificatif, Yaya.

— Les deux sociétés que nous dirigeons, renchérit Asterion, rapportent des dividendes qui dépassent de loin ceux enregistrés par les autres membres de la famille.

Hydra, l'entreprise de transport maritime à la tête de laquelle se trouvait Poseidon, et le groupe de fret du nom de Minotaure dirigé par Asterion, ne cessaient d'accumuler des profits de plus en plus fabuleux.

— N'est-ce pas ce que tu souhaites, Yaya ? avança Poseidon.

Comme si elle n'avait pas entendu, la vieille dame répliqua :

— Je tiens à avoir des arrière-petits-enfants sans tarder.

Elle avait assorti cette affirmation péremptoire d'un geste de la main signifiant que la réussite matérielle lui importait peu. Or, Asterion n'ignorait rien du sens aigu des affaires dont était dotée Dimitra.

— Est-ce que tu te sens bien, Yaya ? questionna-t-il.

Poseidon pouffa.

Les jumeaux étaient pratiquement semblables : même chevelure de jais, mêmes prunelles d'un bleu comparable à celui de la mer entourant leur île. Cependant, l'on n'avait aucun mal à les distinguer. Poseidon affichait en permanence un large sourire, quand Asterion demeurait toujours grave.

— Depuis quand te soucies-tu de ce qui relève de la vie de famille ? ajouta Asterion.

— Il ne s'agit pas de cela, *paidiá* !

« Enfants » ! À croire qu'elle voyait encore ses petits-fils comme des bambins en culottes courtes !

Hormis Dimitra, personne n'aurait osé s'adresser de la sorte à deux des hommes les plus puissants de la planète.

Personne, d'ailleurs, ne s'y était jamais risqué. Leur réussite était un fait notoire à travers le monde.

Leurs rivaux en affaires préféraient se soumettre plutôt que de les affronter. Les plus belles femmes se jetaient à leurs pieds, et depuis leur douzième anniversaire, il n'était qu'une seule personne sur terre qui soit suffisamment téméraire pour leur rappeler leur condition de simples mortels : Dimitra !

Ce jour-là, elle semblait déterminée à s'appesantir.

— Je dois en venir à la triste conclusion, martela-t-elle, que ni l'un ni l'autre n'est capable de choisir une compagne appropriée, si tant est que vous vous y preniez différemment.

Le ton de Dimitra montrait qu'elle prenait un indiscutable plaisir à cet entretien. Les deux frères échangèrent un regard en coin, sans oser intervenir.

— De plus, enchaîna-t-elle, je ne peux faire confiance à aucun de vous deux pour agir dans un délai raisonnable. Je tiens à connaître mes arrière-petits-enfants suffisamment longtemps pour m'assurer qu'ils sont éduqués comme il se doit. C'est une question d'héritage familial !

— N'en sommes-nous pas les dignes représentants ? s'insurgea Asterion.

Dimitra fit la moue.

— Au fil des années, je vous ai fréquemment mis en garde, l'un comme l'autre. Vous n'en avez pas tenu compte. Aussi, aujourd'hui, ai-je décidé de me montrer plus claire.

S'inclinant vers l'avant, la vieille dame noua ses mains de telle sorte que ses superbes bijoux scintillèrent au soleil, renvoyant la lumière en tous sens – comme si elle maîtrisait également cela. Puis, elle reprit :

— Tous deux allez épouser les femmes que j'aurai choisies pour vous. Ou sinon, je m'assurerai que votre part d'héritage ira à un étranger, lequel se verra attribuer une participation majoritaire dans les affaires familiales. Votre avenir est entre vos mains.

Le sourire dont Dimitra gratifia ses deux petits-fils avait quelque chose de bien trop rusé pour ne pas indisposer Asterion. S'il n'avait eu affaire à sa grand-mère chérie, il aurait instantanément tourné les talons pour entamer sur-le-champ les démarches visant à la détruire. Sauf qu'il adorait Dimitra, et avait parfaitement conscience qu'elle ne se livrait jamais à des menaces gratuites.

Leur grand-mère était le seul point faible des jumeaux. Ils n'oubliaient pas qu'elle était tout ce qu'il leur restait de famille. De plus, après l'accident, Dimitra s'était occupée d'eux avec un total dévouement.

Asterion n'avait pas besoin de consulter Poseidon pour savoir qu'ils partageaient les mêmes sentiments.

Si Dimitra voulait des héritiers, ils lui en donneraient.

Quand bien même ce serait à contrecœur.

Elle semblait s'attendre à une inévitable explosion. Sauf que ce n'était pas ainsi qu'elle les avait élevés. Asterion et Poseidon demeurèrent silencieux, et le sourire de Dimitra s'élargit.

— Qu'il soit bien clair, lâcha-t-elle, que vous n'aurez aucun pouvoir de décision. Tous deux devrez vous résoudre à courtiser, en vue d'un mariage, celles que je vous destine.

Une nouvelle fois, les jumeaux échangèrent un regard qui en disait long.

— On dirait que tu crois que séduire est, pour nous, une épreuve, Yaya, observa Poseidon d'une voix moqueuse. Je ne veux pas te faire rougir, mais cela n'a jamais présenté la moindre difficulté ni pour l'un, ni pour l'autre.

— J'ai parlé de *courtiser, en vue d'un mariage*, rétorqua sèchement Dimitra. Pas d'enjôler avant de laisser tomber. Quant aux prétendantes de mon choix, ce ne seront pas des créatures en carton-pâte comme celles qui ont habituellement vos faveurs. Vous avez besoin d'honnêtes épouses. Et vous ne me semblez pas plus en mesure l'un que l'autre de susciter l'intérêt d'une femme respectable.

Un éclair brilla dans les prunelles du même bleu que celles de ses petits-fils.

Asterion fronça les sourcils.

— Et tu considères que nous jeter dans les bras d'inconnues est susceptible de maintenir la lignée familiale sur de bons rails ? interrogea-t-il.

Dimitra secoua la tête ; dans ses yeux brillait toujours la même lueur.

— Quand bien même vous n'en êtes pas conscients, répondit-elle, ni toi ni ton frère n'êtes des hommes heureux. Vous disposez chacun d'une puissance bien trop importante pour qu'elle vous soit profitable. Vous avez fini par vous enliser dans vos marottes. Et à quoi cela vous mène-t-il ? À laisser derrière vous un régiment d'écervelées au cœur brisé, lesquelles se répandent dans les médias sur le traitement infâme que vous leur infligez.

— Ce dont elles se plaignent, c'est plutôt que nous ne persistions pas à leur infliger lesdits traitements aussi longtemps qu'elles le souhaiteraient, corrigea Poseidon.

Dimitra ébaucha un roulement d'yeux.

— On ne voit que vous dans les tabloïds, grommela-t-elle. Un scandale chasse l'autre. Croyez-moi, un jour ou l'autre il n'y aura plus une seule femme respectable pour ne pas vous juger irrécupérables.

Une nouvelle fois, Poseidon partit d'un grand rire.

— Je ne vois pas où serait le mal, lâcha-t-il.

— Ton frère et toi, vous portez une lourde responsabilité, le contredit Dimitra. Celle de perpétuer l'héritage familial. À l'heure qu'il est, vous n'êtes pas loin d'être considérés comme de vulgaires dépravés par l'ensemble de la planète.

— Dépravés, peut-être ; mais vulgaires, certainement pas, ironisa Poseidon.

Le regard perçant de Dimitra se fixa sur Asterion.

— Et toi ? lança-t-elle. Crois-tu qu'il soit vraiment nécessaire que tu promènes éternellement cette mine affligée ? On dirait le sombre héros de quelque roman gothique. En fait, le seul mystère qui t'entoure véritablement concerne le fait qu'il se trouve encore des femmes pour se laisser prendre à ton jeu. Personne n'éprouve le moindre intérêt pour ta souffrance, Asterion. Crois-moi !

— Tout le monde ne peut pas faire assaut de charme, Yaya, s'insurgea Asterion, lorgnant vers son frère.

Sans se soucier de cette remarque, Dimitra répliqua sèchement :

— J'ai pris ma décision. Et vous devrez agir sans traîner car la mort peut m'emporter à tout instant.

Elle marqua une pause mélodramatique. Bien qu'il soit évident qu'elle rayonnait de santé, aucun des jumeaux ne se risqua à protester. Aussi enchaîna-t-elle :

— Soit vous renoncez totalement à votre héritage, soit vous vous pliez à ce que j'attends de vous.

Dans un silence absolu, les deux frères se regardèrent droit dans les yeux, communiquant d'une manière qui leur était familière. Asterion voyait ses propres pensées se refléter dans les prunelles de son jumeau.

Est-ce que ce serait vraiment si terrible ? questionnait Poseidon sans un mot.

Asterion n'avait rien oublié de ce qu'avaient été les relations entre leurs parents, et il savait que les choses pouvaient *effectivement* être terribles. Certes, il allait se soumettre à cette farce, si cela pouvait satisfaire leur grand-mère – il serait éternellement prêt à tout pour lui faire plaisir, mais il saurait maintenir les choses dans de strictes limites. Pas question qu'il se plie à ce que les gens glorifient habituellement dans le mariage : les liens d'affection, l'intimité... Toutes choses susceptibles de vous réduire en esclavage !

À ce jour, il n'y avait rien dans sa vie qui échappe à son contrôle. Pas même sa grand-mère, quoi qu'elle en pense.

Dimitra se croyait maîtresse du jeu, mais c'était une illusion.

Certes, la lignée familiale des Teras avait besoin d'héritiers, et se voir doté d'une épouse adéquate lui permettrait d'accélérer les choses en la matière. Cependant Asterion avait bien l'intention de reprendre, ensuite, ses vieilles habitudes, et de mener sa vie comme il l'entendait.

Quant à l'épouse qui lui serait proposée, Asterion se moquait éperdument de son identité. Pour lui, les femmes n'étaient que des sortes de friandises : des douceurs sucrées, rapidement consommées, et vite oubliées.

Asterion ne doutait pas qu'il en irait de même concernant celles que sa grand-mère qualifiait de « femmes respectables » – même dissimulées sous quelques épaisseurs d'ennuyeuse vertu.

Toujours sans prononcer le moindre mot, il fit comprendre à son frère comment il voyait les choses. À l'unisson, tous deux hochèrent la tête. Puis ils se tournèrent vers le fauteuil où leur grand-mère affichait une mine soucieuse.

— Nous épouserons les femmes de ton choix, Yaya, déclara Asterion.

Le visage de Dimitra s'éclaira.

— Il faut informer la presse, avança Poseidon, railleur. J'imagine que les lamentations vont aller bon train.

Dimitra se borna à afficher un sourire entendu. Comme si elle savait quelque chose que les deux frères ignoraient encore.

Ce qu'Asterion jugeait tout à fait improbable.

2

Si Brita Martis avait décidé de retourner passer la nuit sous le toit paternel, c'était seulement par nécessité.

Pour le plus clair de l'année écoulée, elle avait trouvé refuge dans les recoins les plus sauvages de la propriété familiale. Dans les épaisseurs inextricables de végétation qui avaient envahi ce qui était autrefois des jardins que les siens laissaient à l'abandon. Même dans son enfance, Brita y avait cherché asile et réconfort, loin de ses proches.

Elle préférait grandement avoir affaire aux créatures peuplant les épais taillis et les forêts recouvrant les collines. À ses yeux, les futaies étaient sa véritable demeure, et la faune sauvage constituait sa famille de cœur. En tous les cas, les animaux lui semblaient bien plus plaisants qu'aucun des êtres auxquels elle était apparentée par les liens du sang, lesquels habitaient la vieille villa où regrets et espoirs déçus hantaient les murailles branlantes.

Le jour commençait à baisser et Brita progressa avec précaution à travers les jardins à l'abandon entourant la demeure. Mieux valait repérer où se trouvaient ses habitants – son père, sa belle-mère, ses arrogants cousins –, plutôt que de leur tomber dessus à l'improviste, sans savoir à quoi s'attendre. Aucun d'entre eux ne se montrait jamais accueillant. Ce n'étaient que coups fourrés, affreuses accusations et épouvantables scènes.

Brita en avait plus qu'assez de tout ce petit monde !

Après trois années passées loin d'eux, il lui avait été encore plus difficile qu'elle ne l'imaginait de les côtoyer à nouveau pendant quelques mois.

Ce soir, elle ne s'attarderait à la villa que le temps nécessaire pour laver son linge et se réapprovisionner. Ensuite, avant l'aube, elle regagnerait la forêt. Mieux valait éviter tout contact avec sa parentèle. Et Brita n'adorait rien tant que dormir à la belle étoile, à proximité de la vie sauvage.

Une fois traversé ce qui n'avait plus rien d'une pelouse, elle se fondit dans l'ombre s'étendant sur le côté de la villa dont tout le lustre avait disparu bien avant sa naissance. Brita n'avait eu connaissance de sa splendeur des temps passés qu'en découvrant les photos fanées, abandonnées dans des cartons stockés dans les pièces désertées. Il était clair que nul des membres de sa famille n'avait pris soin du lieu depuis des temps immémoriaux.

Remettre la villa en état aurait nécessité des sommes que ses proches préféraient consacrer à des dépenses plus personnelles. Sa belle-mère, par exemple, se moquait éperdument des fuites du toit, ou des problèmes d'électricité, pourvu qu'elle puisse parader dans des toilettes à la mode, au volant d'une voiture de marque.

Au fond, l'ancienne demeure, dans son état de délabrement, négligée de tous, était l'image même de ce qu'était devenue la famille Martis.

Brita restait davantage attachée à l'édifice qu'elle ne l'était aux siens. Si elle l'avait pu, elle aurait jeté dehors cette bande de parasites, pour y créer un refuge pour ses animaux chéris. Parfois, elle se laissait aller à rêver que ce projet se réalise...

Ce soir-là, les portes-fenêtres étaient ouvertes pour laisser entrer la douce brise marine. Non pas que les habitants de la villa aient quelque intérêt pour la nature, ou le grand air.

Simplement, le père de Brita, sa belle-mère et ses rapaces de cousins n'ayant pas les moyens de faire installer un système de climatisation, ils n'avaient d'autre recours que de passer leurs soirées portes et fenêtres ouvertes, pour essayer de rafraîchir les pièces à l'atmosphère étouffante.

De plus, il leur fallait bien garantir un minimum de confort aux quelques rares domestiques qu'ils conservaient pour ne pas avoir à se charger eux-mêmes des corvées ménagères. Aussi faisaient-ils semblant de préférer l'air frais du dehors à des équipements qu'ils prétendaient trop bruyants.

Brita n'avait jamais besoin de faire semblant d'apprécier les vents légers qui soufflaient depuis les eaux limpides de la Méditerranée, tout autour de l'île. Elle en jouissait tout particulièrement lorsqu'elle se trouvait sur la haute falaise où elle s'installait le plus souvent, à portée de la flore et de la faune.

Un lieu bien plus paisible que les alentours de la maison des Martis !

Ils étaient suffisamment bruyants pour que Brita n'ait même pas besoin de se déplacer avec la discrétion dont elle faisait preuve lorsqu'elle pistait les animaux sauvages – ses amis –, soit pour observer leurs mœurs, soit pour approcher ceux qui, blessés, nécessitaient son aide.

— Il faut faire quelque chose, Vasilis ! tonnait sa belle-mère, de la voix impérieuse qu'elle réservait habituellement à son époux. Dans moins de deux mois, l'année probatoire de ta fille s'achèvera. Qu'adviendra-t-il de nous, alors ? Elle disparaîtra dans un couvent, et il ne nous restera plus qu'à chercher une place dans un asile pour indigents.

Encore une fois, leur conversation tournait autour de Brita.

Dans l'ombre, elle poussa un long soupir. Sans bruit.

Si seulement ils avaient pu la laisser vivre sa vie !

La mère de Brita avait quitté Vasilis peu de temps après sa naissance et n'avait plus reparu depuis. Apparemment, son instinct maternel n'était pas particulièrement développé. Mais peut-être avait-elle sauté sur l'occasion de s'échapper quand il en était temps, faisant de sa fille une sorte de dommage collatéral… La dernière fois que Brita avait eu de ses nouvelles, c'était dans un e-mail passablement énigmatique, l'année passée, par lequel elle indiquait effectuer une retraite spirituelle en Indonésie, se consacrant à la pratique du yoga pour « suivre l'appel de son cœur ».

Vasilis s'était empressé de se remarier avec la larmoyante Nikoletta, laquelle se souciait fort peu du sort de sa très jeune belle-fille.

Ce qui avait toujours convenu à Brita, heureuse de consacrer l'essentiel de ses années d'enfance à courir à sa guise les vastes espaces de la propriété familiale.

Le temps était loin où la famille Martis faisait partie de l'aristocratie du petit royaume occupant la totalité de cette île plantée au milieu de la Méditerranée, à quelques encablures des côtes grecques.

En même temps que leur position sociale perdait de son prestige, les Martis avaient vu s'évaporer leur fortune. Et, tandis que son père, sa belle-mère et toute une collection de cousins cherchaient par quel moyen reconstituer une prospérité à laquelle ils estimaient avoir droit – sans s'abaisser à travailler, bien sûr –, Brita avait été livrée à elle-même, ce qui lui convenait à merveille.

Malheureusement, il n'avait pas tardé à être évident qu'elle était promise à devenir une véritable beauté. Une situation qui avait engendré d'interminables discussions entre ses proches. Brita s'était vite rendu compte qu'à chaque fois qu'elle réapparaissait dans le giron familial, après une énième escapade dans les collines, tout le monde la scrutait avec une étrange attention.

Elle avait espéré que ses proches, dont elle comprenait

de moins en moins le comportement – à mesure qu'elle se sentait davantage en harmonie avec les habitants des contrées sauvages –, finiraient par se lasser.

Au lieu de quoi, la situation n'avait fait qu'empirer. L'adolescence ne l'avait en rien privée de sa grâce – à l'inverse de celles et ceux de son âge –, et la délicieuse perfection de Brita n'avait fait que s'affirmer.

Avec pour résultat qu'on lui avait soudainement interdit de vagabonder à la ronde, et que sa liberté avait été grandement menacée par une sorte de comité de surveillance composé de tous les membres de sa famille.

Tout à coup, son apparence vestimentaire, sa façon de s'exprimer, ses déplacements étaient observés et critiqués âprement. C'était un tel changement avec ce que Brita avait connu jusque-là, qu'elle en était restée complètement désemparée.

Cependant, les raisons de ce revirement d'attitude n'avaient pas tardé à devenir évidentes.

Comme la plupart des enfants, Brita hésitait d'autant moins à écouter aux portes qu'on ne l'informait jamais de rien. Or, sa famille avait pour habitude de se rassembler chaque soir pour siroter quelques verres d'ouzo - comme ce soir – en discutant des affaires familiales. De son poste d'observation, à l'abri des regards, Brita n'avait pas tardé à entendre ce qu'on s'employait à lui dissimuler.

Au milieu des éclats de voix, elle avait compris que ce qui se tramait avait toute l'apparence d'un funeste conte de fées : puisque Brita était si incroyablement belle – contre toute attente –, tout ce que ses proches avaient à faire pour échapper à leurs difficultés financières, c'était la marier à un homme riche. Ils ne doutaient pas de parvenir ainsi à restaurer leur fortune disparue.

Leurs fantasmes avaient pris corps lorsque Brita avait fêté son dix-huitième anniversaire. Les plus âgés de ses cousins avaient alors produit toute une sélection de prétendants, appartenant tous à une classe sociale de bon niveau, et tous moins séduisants les uns que les autres.

N'ignorant rien des ambitions de sa belle-mère – laquelle était la plus enragée du lot –, Brita avait pris soin de faire semblant qu'elle n'était en rien affectée par la situation. C'était une technique dont elle était familière depuis longtemps.

Qu'elle manifeste la moindre émotion, et Nikoletta prendrait l'exact contrepied de ce qui semblait faire plaisir à sa belle-fille. C'était sa façon de punir celle qu'elle considérait comme l'incarnation, en chair et en os, de la femme que Vasilis avait autrefois aimée – et dont le souvenir ne venait le hanter que lorsqu'il avait un peu trop bu.

Aussi Brita avait-elle gardé son calme, arguant qu'elle ne saurait certainement pas satisfaire les exigences des hommes de qualité dont sa famille espérait voir le nom accolé à l'irréprochable lignée des Martis, si elle n'avait pas une éducation suffisamment élaborée.

Ainsi avait-elle obtenu d'aller à l'université, ce dont ses parents se souciaient assez peu pour ne pas assister à sa remise de diplôme.

Ce jour-là, au lieu de lui offrir le cadeau que ses résultats lui permettaient d'espérer, ils lui avaient présenté le soupirant qu'ils entendaient lui faire épouser.

L'individu choisi était d'un âge considérable – celui de Vasilis, voire dix ans plus vieux que lui –, et il offrait le bénéfice par rapport aux prétendants précédemment présentés à Brita, d'être plutôt gentil. Malheureusement, il lui avait évoqué le genre de poissons que l'on ne trouve que dans les grands fonds : blêmes et bigleux.

Toutes ces raisons auraient amplement suffi à dissuader Brita d'épouser ce malheureux, si tant est qu'elle ait jamais eu l'intention de se marier avec quiconque – une répugnance dont elle ne s'était jamais ouverte à ses proches.

Un soir où tous se réjouissaient de leur succès, établissant déjà la liste des personnalités qu'ils entendaient inviter à la noce, Brita avait quitté les cuisines où elle partageait le repas des domestiques – seul endroit où on l'autorisait à ne pas consommer les créatures qu'elle considérait comme ses amis – et avait rejoint sa famille au salon, pour leur annoncer calmement qu'elle n'épouserait pas celui qu'on lui destinait.

— Ni aucun autre, avait-elle ajouté d'un ton affable.

— Ne sois pas ridicule ! avait tonné Nikoletta, en faisant claquer ses couverts sur la vieille table éraflée. Tu feras ce qu'on te dit !

Prenant le temps de bien regarder en face chacun des membres de l'assistance, Brita avait calmement répliqué :

— Certainement pas.

Il s'était ensuivi le chaos habituel : vociférations, bris de verres, objets lancés contre les murs. Et des menaces à profusion !

On avait fini par l'enfermer dans sa chambre – ce qui ne gênait en rien Brita, vu qu'elle avait l'habitude de faire le mur depuis sa petite enfance.

L'autre sanction était qu'on lui refuserait désormais le *privilège* de sa nourriture végétarienne. Puisqu'elle refusait de manger *normalement*, en compagnie de sa famille, elle pourrait tout aussi bien jeûner. Ce dont ses parents n'avaient pas conscience, c'est que les quelques rares domestiques encore présents à la villa lui étaient très attachés et veilleraient à ce qu'elle ne meure pas de faim.

Ces inepties durèrent tout un été.

Au bout du compte, Vasilis posa un ultimatum à sa fille :

— Soit tu épouses cet homme, soit tu entres au couvent. Et tu y resteras pour le restant de tes jours. C'est compris ?

Le soir même, Brita faisait ses bagages pour gagner le monastère voisin.

Cependant, au lieu que ce soit la punition promise par son père, Brita avait adoré ses années de noviciat. L'organisation bien réglée des journées et la solitude des longues heures de prière lui convenaient parfaitement. Elle appréciait de travailler en compagnie des religieuses dans le jardin et en cuisine. Personne ne se laissait jamais aller à des accès de colère. Aucune scène fastidieuse ne venait rompre l'harmonie.

Surtout, les sœurs accordaient beaucoup plus d'intérêt à la personne de Brita, et à sa contribution à la vie de la communauté, que sa famille ne l'avait jamais fait.

Et tout le monde se moquait éperdument de son physique !

Au lieu de cela, les nonnes lui posaient quantité de questions sur ce qu'elle rêvait de faire. Lorsque Brita avait répondu que son souhait le plus cher était de créer, sur l'île, une sorte de sanctuaire pour la faune sauvage, les religieuses ne s'étaient pas moquées – comme le faisaient ses cousins –, ni ne s'étaient mises en colère – comme son père et sa belle-mère.

Au contraire, elles avaient adoré l'idée.

Cependant, la règle voulait que l'on ne puisse prononcer de vœux définitifs sans avoir, au préalable, la certitude que l'on était fait ou faite pour cela.

— Je suis *sûre* que c'est ce que je veux, avait protesté Brita.

Elle aurait été tellement soulagée de ne plus jamais avoir affaire à sa famille !

La mère supérieure avait répondu par son éternel sourire empreint de sérénité.

— Il vous faut accepter de consacrer une année entière à vous interroger non pas sur ce que *vous* souhaitez, mon enfant, mais sur ce que *Lui* attend de vous, avait-elle rétorqué en pointant son index vers le ciel.

Aussi Brita était-elle courageusement retournée vivre dans le monde, pour se mettre à l'épreuve.

Car tel était l'objectif de cette année-test, ainsi que le lui avaient expliqué les sœurs : se soumettre à toutes les tentations que le monde avait à lui offrir – tout ce qu'elle aimait et ne trouverait pas au couvent –, afin de décider si une existence dédiée à la contemplation était réellement ce qui lui convenait.

Brita avait consacré ces mois à vagabonder dans les parties les plus sauvages de l'île, s'intéressant à toutes les créatures qui y vivaient, se liant d'amitié avec certaines, aidant celles qui en avaient besoin. L'année lui avait paru longue, mais profitable. Désormais, elle se réjouissait à l'idée d'entamer la vie qu'elle souhaitait au sein du couvent.

Pour un peu, Brita aurait complètement oublié que sa famille s'y opposait. Tous s'étaient attendus à ce qu'elle les supplie d'accepter son retour au foyer. Ce qu'elle n'avait pas fait. Ce n'était pas vraiment une surprise de découvrir qu'ils étaient toujours fermement décidés à la marier, que cela lui plaise ou non.

Pourtant, dans cette ombre où elle s'était toujours sentie si bien, Brita ne put s'empêcher d'éprouver un fameux choc en comprenant qu'ils étaient encore persuadés de la soumettre à leurs volontés.

— Franchement, avons-nous vraiment besoin de son concours ? demanda l'un de ses cousins de sa voix mielleuse. Il suffirait de lui administrer quelques comprimés. Ce ne serait pas la première future mariée à être menée à l'autel dans un état second.

— De nos jours, on peut certainement soudoyer le prêtre, suggéra un autre.

Cela faisait un certain temps que Brita ne les avait pas entendus parler d'elle. Peut-être était-ce la raison pour laquelle leurs paroles lui firent un tel effet. Exhalant un petit soupir, elle se secoua pour reprendre ses esprits, puis se dirigea vers l'extrémité de la vieille demeure – une aile où personne ne se rendait jamais après qu'elle avait été fermée à l'époque des grands-parents de Brita.

C'était la partie de la villa qu'elle préférait ; celle où elle se sentait vraiment chez elle. Là où sa famille ne voyait que les tristes vestiges d'une gloire passée, Brita retrouvait ses plus heureux souvenirs d'enfance : ceux de moments où elle jouait au chat et à la souris avec les domestiques, s'enfermait pour se plonger dans de poussiéreux albums de photos, lisait tout ce qui lui tombait sous la main sur l'histoire de l'île.

C'était un crève-cœur pour Brita d'anticiper le jour où Vasilis finirait par se résoudre à vendre des parties de la propriété – ces espaces où elle s'était constitué un univers à elle, peuplé de tous les animaux lui apportant réconfort et protection –, avant de céder la villa à des promoteurs qui la démoliraient pour bâtir à la place des résidences touristiques.

Repoussant ces sombres pensées, elle ouvrit l'une des fenêtres qu'elle savait n'être jamais verrouillée, puis elle se hissa sur le rebord et sauta à l'intérieur de la pièce. L'une des compétences acquises dans son enfance était celle de se déplacer dans la villa avec la discrétion d'un elfe. De plus, elle était certaine que les quelques membres du personnel restant étaient suffisamment bienveillants à son égard pour ne pas révéler sa présence même lorsqu'elle leur faisait peur en se faufilant d'une pièce à l'autre.

Brita prit le temps de faire sa lessive avant de s'octroyer un long bain – après avoir évité de justesse d'entrer en collision avec sa belle-mère, laquelle traversait le vestibule d'une démarche titubante en marmonnant des lamentations au sujet de la « gloire passée » des Martis.

Enfin, s'étant rhabillée, elle enfourna dans son sac les

provisions dont elle avait besoin, passa sur son épaule l'arc et le carquois qui la quittaient rarement, et gagna les cuisines.

— On dirait qu'ils ont tous perdu la tête, ce soir, murmura Maria, la vieille cuisinière, en voyant entrer Brita. Tu sais comment ils sont. Un peu trop de *tsípouro*, et ils se croient revenus à l'époque féodale.

— La dernière fois que je leur ai parlé, j'ai suggéré que ce soit ma cousine Panagiota qui se cherche un époux. Puisqu'elle a l'air de tellement tenir à cette idée de mariage.

Brita et Maria éclatèrent de rire à l'unisson.

— Elle croit encore que le nom des Martis va lui suffire à se dégoter l'un des quelques nobles qui restent encore sur l'île, railla la cuisinière.

Levant les yeux au ciel, Brita s'installa pour l'une de ces conversations qu'elle affectionnait particulièrement : discuter du rôle que pouvait encore jouer la noblesse locale dans ce minuscule royaume, où personne ne pouvait ignorer que le véritable pouvoir était conféré par leur richesse aux influents frères Teras.

Les deux hommes jouissaient d'une renommée s'étendant à toute la planète, et ils figuraient régulièrement dans des manifestations prestigieuses fréquentées par tout un tas de célébrités.

En tout cas, c'était ce que Brita avait entendu raconter.

Pour sa part, elle n'aurait reconnu ni l'un ni l'autre quand bien même elle leur aurait marché sur les pieds.

Le peu qu'elle connaissait s'agissant des jumeaux Teras, c'est que chacun dirigeait une colossale entreprise apportant à l'île la prospérité qui venait compléter les apports de l'industrie touristique. La monarchie n'avait plus qu'une importance symbolique, et la reine – désormais fort âgée – ne se donnait que très rarement la peine de paraître hors des murs de son château de conte de fées.

Maria et Brita en étaient encore à évoquer les prétentions de la famille Martis à retrouver un prestige envolé depuis des générations, quand un homme apparut dans l'encadrement de la porte donnant sur l'extérieur, surgi de nulle part.

Assise sur l'un des plans de travail, Brita balançait ses jambes contre le placard en dessous d'elle, mordillant un morceau de pain et du fromage. Elle se figea.

L'impression qui la submergea, lui rappela celle ressentie lorsqu'elle s'était trouvée prise au cœur d'un orage, l'été précédent. Sans aucun endroit pour se mettre à l'abri, Brita n'avait pas paniqué pour autant. Giflée par le vent et la pluie, elle s'était abandonnée aux bourrasques, aux coups de tonnerre et aux éclairs au-dessus des collines.

Et pourtant, elle n'avait jamais eu le sentiment d'une *capitulation*.

Brita ne s'était jamais sentie aussi vivante, traversée par des forces élémentaires. Comme si elle était l'une des composantes de ce grand chambardement que l'orage faisait retentir dans le ciel. Comme s'il vivait en elle.

Le regard fixé sur l'homme planté à la porte de la cuisine, elle éprouvait la même sensation d'être parcourue par un courant électrique d'une intensité terrifiante.

Elle était sous le choc, comme lorsqu'un éclair avait déchiré le ciel *juste au-dessus d'elle* – si près qu'elle aurait presque pu le *toucher*. À tel point que son épiderme s'était pratiquement embrasé.

Sauf que ce soir, ce feu l'habitait tout entière.

C'était une sorte de spirale s'enroulant de plus en plus étroitement en elle, jusqu'à ce que la pointe de l'hélice vienne s'insérer entre ses cuisses.

— Désolée, monsieur, mais vous vous trompez certainement d'entrée, déclara Maria sur un ton courtois que Brita aurait été bien en peine d'employer. La famille Martis est rassemblée dans l'autre partie de la maison.

C'est à peine si Brita l'avait entendue tant elle était hypnotisée par l'individu. Il ne s'était pas écarté du seuil, pourtant il semblait occuper la totalité de la cuisine, privant d'air tout ce qui l'entourait. En particulier elle-même.

Il affichait une mine tellement sévère ! Manifestement, ce n'était pas quelqu'un avec qui l'on pouvait plaisanter.

L'homme se contentait de rester immobile, en silence, et il était clair que les efforts qu'il faisait pour adopter une posture nonchalante demeuraient sans effet.

Il ne sait pas ce que c'est que d'être au repos, se surprit à penser Brita, comme elle l'aurait fait face à un animal sauvage.

Et peu importait que l'inconnu soit vêtu d'un costume sombre qui transpirait la fortune, au lieu de fourrure ou de quelque pelage.

Il émanait de lui une intensité qui semblait l'habiter tout entier.

Pendant un long moment, il laissa son regard s'attarder sur Maria. Puis il le reporta sur Brita, et la fixa.

De nouveau, elle eut la sensation d'être frappée par la foudre. Au plus profond de son être.

— Ce n'est pas la famille Martis que je cherche, dit-il.

Lorsqu'il se tut, se remettant à la soupeser du regard, Brita eut la certitude qu'il avait parfaitement conscience des crépitements qui la parcouraient sous l'effet des éclairs se propageant en elle – des courants électriques éveillant la moindre parcelle de son corps dans un étrange éblouissement.

— C'est vous que je suis venu voir, ajouta-t-il.

3

La situation était bien pire qu'Asterion ne l'avait imaginée.

Tout au moins, ce à quoi il s'était attendu était largement en deçà de la réalité.

Lorsque Dimitra avait avancé le nom de celle qu'elle lui avait choisie comme future épouse, il avait ouvert des yeux ronds et avait été à deux doigts de l'accuser d'avoir perdu l'esprit. Pour un peu, il aurait soutenu que le temps avait des effets dévastateurs même sur les intelligences les plus acérées. Il s'était retenu de justesse...

Face à son effarement, sa grand-mère avait insisté :

— Je ne comprends pas ce qui te rebute. Brita Martis est une jeune femme des plus vertueuses. Tu auras de la chance si elle consent à s'abaisser à accorder son attention à un individu dans ton genre.

— Mais Yaya, elle est entrée au couvent ! avait protesté Asterion.

Dimitra était demeurée intraitable et il n'avait eu d'autre choix que de se mettre en quête du parangon de vertu en question.

La chasteté de la jeune fille n'était pas ce qui préoccupait le plus Asterion, au moment d'aller lui annoncer qu'il se préparait à lui offrir un changement de vie radical – et forcément bienvenu.

Non, ce qui l'avait déstabilisé, c'était de découvrir qu'elle était absente du monastère. Se présentant à la sœur tourière – chargée d'accueillir les visiteurs –, Asterion s'était efforcé d'adopter la physionomie du soupirant follement épris, pour s'entendre objecter que ladite Brita était retournée dans le monde pour son année de mise à l'épreuve.

— Un dernier tour de piste, en quelque sorte, avait expliqué d'un air placide la religieuse. Pendant toute une année, la novice se confronte aux tentations du monde pour voir si elle est capable, ensuite, de revenir vers le Seigneur.

Un instant Asterion avait dévisagé la femme sans bien comprendre. Il s'était toujours figuré qu'en pareil lieu la règle était de se méfier des dangers dont le monde extérieur regorgeait. Les affronter, n'était-ce pas risquer d'être incapable de les tenir à distance ?

— Et si elle n'y parvient pas ? interrogea-t-il.

L'austère religieuse l'avait soupesé du regard, rappelant à Asterion la façon dont sa grand-mère le regardait parfois.

— Alors, cela signifie qu'elle doit suivre un autre chemin que le nôtre, répondit-elle. Avec notre bénédiction.

Après tout, avait pensé Asterion, ce retournement de situation pouvait se révéler profitable. S'il se trouvait que Brita Martis était occupée à jeter sa gourme dans les bars et boîtes de nuit dont regorgeaient les plages locales – là où s'amassaient les touristes enivrés d'alcool et de soleil –, sa tâche n'en serait que plus facile.

Dimitra n'était pas infaillible. Qui sait si elle ne s'était pas trompée sur la moralité de la jeune femme ?

Cependant, quelques recherches auprès des autochtones avaient suffi à Asterion pour découvrir la réputation de Brita : celle d'une sorte de Diane chasseresse, aussi chaste et pure que la déesse antique.

Les gens de l'île la disaient aussi sauvage que les animaux

dont elle prenait grand soin, occupée le plus souvent à courir les bois, armée de son arc et de ses flèches.

Bref, un genre d'être mythique.

Il était clair que son armement ne lui servait pas à chasser les bêtes qu'elle adorait, mais plutôt à se prémunir contre les avances éventuelles des hommes. Lesquels ne s'y risquaient guère.

Ce qu'Asterion avait entendu raconter dans les villages, c'est que parfois, les nuits de pleine lune, on pouvait la voir rôder sur les collines en compagnie de loups, de cerfs et autres créatures de la forêt. Certains prétendaient qu'il s'agissait là de ses amis. D'autres les voyaient comme l'armée chargée de sa protection.

En tous les cas, tout le monde s'entendait pour dire que Brita Martis – pour aussi farouche qu'elle soit – valait mille fois mieux que le reste de sa famille, lesquels vivaient tous ensemble dans leur villa délabrée, avec pour seule occupation de rêver à leur gloire passée.

Cela faisait près d'une semaine qu'Asterion montait la garde à proximité de la vieille demeure. On lui avait indiqué que Brita y revenait à l'occasion, bien qu'il soit peu probable qu'elle emprunte l'entrée principale pour rejoindre une famille qu'elle prenait grand soin d'éviter le reste du temps.

Il en venait à se demander si la jeune femme existait véritablement – si elle n'était pas juste le produit de l'imagination fertile des habitants de l'île – quand il la vit enfin, se glissant à travers le fouillis de ce qui avait dû être, autrefois, des jardins bien soignés.

Restant dans l'ombre, Brita Martis marqua une pause près des fenêtres grandes ouvertes du salon où il semblait que l'alcool coulait à flots. Puis elle fit le tour de la bâtisse pour en gagner la partie réservée aux domestiques. Pendant un long moment, elle disparut avant de reparaître dans la cuisine.

Asterion n'était pas du genre à prendre le risque de laisser échapper sa proie, aussi n'hésita-t-il pas à s'y inviter. Mais à peine avait-il mis le pied sur le seuil qu'il s'immobilisa, comme retenu par une main invisible.

Brita Martis le fixait, et il ne trouvait rien d'autre à faire que de la dévisager en retour. Cela sembla durer une éternité.

Que diable Dimitra avait-elle eu en tête ?

La jeune femme qu'il avait devant lui, avait tout de la sauvageonne qu'on lui avait décrite.

Sa chevelure sombre, encore humide par endroits, retombait dans un désordre de boucles folles presque jusqu'à sa taille. Et même si elle n'était pas vêtue de peaux de bêtes, comme il s'y était attendu – tout au moins pour l'instant troquées contre un pantalon de trekking, un débardeur ajusté, et une chemise ample glissant sur l'une de ses frêles épaules –, il se dégageait d'elle une impression d'*étrangeté* tout à fait étonnante.

C'était perceptible jusque dans la façon dont elle se tenait assise, dont elle le fixait, dont elle *respirait*, même.

Mais le problème majeur concernant Brita Martis – ce dont personne n'avait pris la peine d'informer Asterion –, c'était son indéniable beauté.

Elle était tout simplement… *belle*.

D'une beauté stupéfiante.

Fascinante, était plutôt le terme exact.

Si Asterion s'était souvent vanté d'être insensible à la beauté féminine et à son pouvoir de séduction, il ne pouvait nier que la vision offerte par Brita Martis le laissait abasourdi.

Or, rien n'aurait pu le terrifier davantage.

Le visage de la jeune femme tenait de l'œuvre d'art. De celles réalisées par les grands maîtres de la peinture d'autrefois, ou sculptées dans le marbre le plus lisse.

Sa chevelure de jais faisait ressortir ses prunelles couleur bronze où se mêlaient des paillettes dorées – une nuance alliant l'or du soleil et l'argent de la lune.

Tout, en elle, offrait un spectacle où la symétrie le disputait à la grâce féminine. Poser les yeux sur ses lèvres sensuelles donnait éperdument envie à Asterion de les goûter, tout comme il était dévoré par le désir de caresser ses formes déliées.

Un instant, il fut traversé par la pensée qu'il valait mieux que cette jeune beauté consacre l'essentiel de son temps aux animaux sauvages, car tout homme normalement constitué ne pourrait que saliver comme une bête devant le spectacle qu'elle offrait. Lui-même n'en était pas loin, alors qu'il avait toujours su garder le contrôle de ses émotions.

Or, ce n'était pas par *goût*, mais par *nécessité*, qu'Asterion s'efforçait d'être invariablement maître de lui.

N'avait-il pas été le témoin infortuné des désordres qu'entraînait le fait de perdre la tête ?

Présent lors de l'accident qui avait coûté la vie à l'essentiel de sa famille, il se souvenait très bien des débordements de passion entre ses parents, et de la dispute enflammée, tapageuse, à laquelle ils se livraient au moment du drame.

Asterion s'était juré de ne se laisser aller à pareilles outrances en aucune circonstance. Cependant, jamais il n'avait imaginé, non plus, que cet engagement puisse être autant mis à l'épreuve. Aucune de ses nombreuses conquêtes ne l'y avait soumis, à ce jour.

Mais il faut dire qu'il n'avait jamais posé les yeux sur une femme avec cette impression d'être scindé en deux. Comme si un fossé infranchissable s'était ouvert entre tout ce qu'il avait connu par le passé et le moment présent.

Maintenant qu'il l'avait vue. *Elle*, Brita Martis.

C'est à croire que cette vision transformait totalement l'Asterion Teras qu'il était jusque-là – ce roc sur lequel il avait bâti sa réussite professionnelle.

L'homme que rien n'était susceptible de bouleverser.

Asterion sentait un rugissement au plus profond de son être. Devait-il penser que le roc qu'il avait toujours supposé être, s'était transformé en l'une de ces bêtes sauvages dont on disait qu'elles attachaient leurs pas à cet être mythique qu'il avait devant lui ?

Sauf qu'Asterion n'avait jamais attaché ses pas à quiconque. S'il était là, c'était pour obéir aux ordres de sa grand-mère, et sauver sa fortune. *Son héritage.*

Les seules choses qui comptaient à ses yeux.

Il tenait à sa fortune parce qu'il l'employait à assouvir ses moindres désirs. Et à son héritage, parce que c'était ce qui importait aux yeux de Dimitra, la seule femme qui eût jamais joué un rôle dans sa vie.

Comment imaginer que ce bouleversement de toute sa personne avait à voir avec l'incendie qui s'était allumé dans son sexe, et ce désir presque douloureux de se laisser aller à proférer en rugissant toutes les choses étranges qui le taraudaient, tel le fauve qu'il n'avait jamais été ? Pour un peu, il aurait été prêt à abattre les murs de cette villa pour emporter la femme qu'il venait d'y rencontrer...

Non, Asterion n'était pas l'un de ces êtres imaginaires dont les villageois prétendaient qu'ils étaient les fidèles compagnons de la jeune femme, ou qu'ils devenaient ses serviteurs à chaque pleine lune.

Il s'en serait fallu de peu qu'il ne se déclare prêt à rejoindre leur cohorte sur-le-champ. Au lieu de quoi, il se contenta de déclarer sur un ton qu'il parvint à garder flegmatique :

— J'ai besoin de vous.

Un instant, Asterion s'interrompit en prenant conscience que cette affirmation avait une portée qu'il ne lui aurait pas imaginée, lorsqu'il se la répétait sur le chemin de la villa.

— Vous êtes bien Brita Martis, n'est-ce pas ? reprit-il. C'est vous la nonne dont on dit qu'elle serait capable d'apprivoiser tous les animaux croisant sa route ?

Manifestement, la description convint à la jeune femme, comprit Asterion. Elle inclina légèrement la tête de côté, mais son regard demeura grave.

— Je ne suis pas religieuse, corrigea-t-elle. Et je n'ai pas pour habitude de dompter les animaux. Néanmoins, je suis bien Brita Martis. Cette information est vraie.

Adoptant le même ton de gravité, Asterion expliqua :

— Il y a quelque chose qui gémit, sur les collines proches de ma maison. Cela dure depuis quelque temps. On m'a dit que vous étiez la seule personne, dans les environs, capable de découvrir de quoi il s'agit et, peut-être, de porter secours à la malheureuse créature.

Bien entendu, tout ceci n'était que pure invention – Asterion préférait ne pas appeler ça un *mensonge*. Après tout, ce n'était jamais qu'un piège fort innocent.

— Et vous m'avez suivie jusqu'ici ? interrogea Brita Martis en pointant le menton vers lui. La plupart des gens ne se présentent pas à la porte de service d'une maison inconnue, en plein milieu de la nuit. À moins que les choses ne soient différentes là où vous vivez, monsieur… ?

Cela faisait bien longtemps qu'Asterion n'avait pas été reconnu au premier regard. En particulier sur cette île où sa famille jouissait d'un prestige plus important que la reine elle-même. De plus, aucun des habitants du petit royaume n'ignorait l'histoire de la dynastie Teras. Ni la façon dont lui-même et Poseidon avaient surmonté le drame qui l'avait marquée.

Il n'aurait su dire si Brita Martis affichait une telle ignorance pour lui manifester son mépris, ou si elle était sincère.

— Je n'ai pas osé me présenter à l'entrée principale,

expliqua-t-il, car j'avais surpris des éclats de voix provenant de l'une des pièces en façade.

Asterion avait accompagné cette justification d'un geste de la main plutôt vague qui ne lui ressemblait pas. Mais Dimitra ne lui avait-elle pas conseillé de se montrer sous un jour différent de ce que l'on connaissait de lui ?

« Efforce-toi de ne pas te montrer tel que tu es, avait-elle dit. Souviens-toi que l'on n'attrape pas les mouches avec du vinaigre, mon enfant. »

— Aussi ai-je préféré tenter une autre stratégie d'approche, ajouta-t-il.

La plupart des femmes auraient été troublées par une telle remarque. Mais ce fut sans rougir ni bafouiller que Brita Martis demanda :

— Qui vous a parlé de moi ?

Un peu déstabilisé par le fait qu'elle ne se soumette pas sur-le-champ à la requête qu'il avait formulée – comme n'importe qui d'autre –, Asterion reconnut, en son for intérieur, que l'on pouvait raisonnablement se montrer méfiant en voyant un étranger se présenter inopinément à sa porte.

Après tout, il était plutôt rassurant que cette créature hors du commun – qu'il était tenu d'épouser – fasse preuve de davantage de prudence que ne l'auraient laissé supposer ses escapades solitaires à travers les collines.

Aussi Asterion décida-t-il de répondre franchement à son interrogation, citant divers commerçants de l'île. Au bout d'un moment, la jeune femme opina du chef, et il s'inclina devant elle.

— Je suis désolé, fit-il, je ne me suis pas présenté. Mon nom est Asterion Teras.

À sa grande surprise, il vit se transformer l'expression peinte sur le ravissant visage.

— Oh ! j'aurais dû m'en douter, murmura Brita en échangeant

un coup d'œil avec la domestique rougissante plantée à ses côtés.

Elle ne laissa pas à Asterion le temps de demander ce qu'elle voulait dire par là car, déjà, elle se laissait glisser du plan de travail, atterrissant sur les dalles fêlées du sol avec une souplesse athlétique qui mit le feu à son imagination.

Malgré lui, Asterion se raidit.

En dépit de sa haute stature, il ne put que constater que Brita était presque aussi grande que lui, et il s'en réjouit. De plus, elle n'adoptait pas une posture voûtée comme le faisaient nombre de femmes élancées cherchant à se rapetisser, comme pour se mettre sous sa protection.

Elle secoua la tête, et ses boucles de jais cascadant sur ses épaules, accentuèrent son apparence de sauvageonne, habituée à vagabonder dans la nature. À la façon dont elle fronça les sourcils, Asterion comprit qu'il ne pouvait pas continuer à la dévisager comme il le faisait. Cela ne mènerait à rien de bon. Et ce n'était certainement pas ce que Dimitra entendait en lui demandant de *faire sa cour* à la jeune femme.

— Venez, fit-elle. Ne perdons pas de temps si un animal est blessé.

Brita échangea un autre coup d'œil avec la cuisinière, puis passa devant Asterion, laissant un sillage qui évoquait le romarin et d'autres plantes qu'il aurait été bien incapable de nommer. Puis, sans un mot de plus, elle sortit dans la nuit noire, ne lui laissant pas d'autre choix que de la suivre.

Pour être honnête, Asterion ne demandait pas mieux.

D'un pas agile, Brita passa au large des portes-fenêtres par lesquelles leur parvenaient les éclats de voix de sa famille – dont l'état d'ébriété semblait s'être accentué. Puis, à l'abri de l'ombre épaisse, la jeune femme rajusta l'arc qu'elle portait à l'épaule ainsi que la lanière de son sac, manifestement prête à prendre la direction des collines. Asterion l'en empêcha en annonçant :

— Je suis venu en voiture. À cette heure, cela m'a semblé plus facile qu'une longue marche à travers les sous-bois.

Brita se contenta de le dévisager.

— Surtout si je dois vous conduire auprès d'un animal blessé, ajouta-t-il d'un air pénétré.

Après tout, se dit intérieurement Asterion, rien ne garantissait que cela ne soit pas la pure vérité.

Il détestait mentir.

En silence, ils cheminèrent côte à côte sur l'allée, jusqu'à la voiture de sport qu'Asterion avait garée à distance de la villa. Lorsqu'il lui tint la portière ouverte, Brita lui lança un regard noir.

— Comment avez-vous fait pour arriver jusqu'ici ? questionna-t-elle. La dernière fois que j'ai emprunté le chemin de terre, j'ai constaté que les ornières étaient suffisamment profondes pour engloutir un bœuf.

— Je suis un excellent conducteur, répondit Asterion.

La manière dont Brita se dispensa de tout commentaire était en soi une critique. Elle se débarrassa de son attirail et se glissa sur le siège passager avec cette grâce nonchalante qu'Asterion ne put s'empêcher de trouver terriblement excitante.

Il était difficile de ne pas imaginer à quoi il pourrait employer tant d'agilité...

Ayant refermé la portière, il fit le tour de la voiture en se réjouissant de ce petit moment lui permettant de reprendre le contrôle de lui-même – chose qui ne lui était jamais arrivée.

Au-dessus d'eux, la lune jouait à cache-cache entre les nuages, tandis qu'il conduisait d'une main experte le véhicule surbaissé le long de la piste de terre défoncée – il ne manquerait pas de demander à son mécanicien particulier d'inspecter le châssis dès le lendemain –, jusqu'à la route carrossable suivant la côte et dominant les plages animées, illuminées pour les nombreux touristes.

Enfin, après avoir gravi les collines, Asterion engagea sa voiture sur la falaise où il avait fait ériger la demeure qu'il se plaisait à définir comme son labyrinthe personnel. La construction épousait la verticalité du rocher, une partie surplombant l'à-pic, l'autre faisant face à la forêt à travers laquelle serpentait la voie d'accès.

À ses côtés, Brita demeurait silencieuse, mais elle fit descendre la vitre lorsque la voiture approcha du vide. Il fallut quelques secondes à Asterion pour se rendre compte qu'elle tendait l'oreille. Attentivement.

La jeune femme cherchait à repérer les plaintes dont il lui avait parlé.

Il n'était pas dans les habitudes d'Asterion de se sentir coupable de quoi que ce soit. Ce n'était pas ce soir-là qu'il allait commencer, se dit-il. Cependant, il plaqua la main sur son torse, cherchant à soulager l'étrange crispation qu'il y ressentait.

Après avoir immobilisé son véhicule devant la maison, il se prépara à aller ouvrir la portière à Brita, mais elle ne lui en laissa pas le temps.

D'un bond, elle fut dehors et, inclinant légèrement la tête, écouta le vent qui montait de la mer, loin au-dessous d'eux. Les rafales s'engouffraient dans l'épaisseur des ramures alentour, produisant une mélopée primitive.

Asterion conduisit Brita vers la vaste terrasse paysagée sur laquelle une profusion de plantations donnait l'impression que la végétation de la colline s'étendait presque jusqu'à la porte d'entrée – laquelle était protégée par un dôme vitré dont Asterion admettait le caractère un peu ostentatoire.

Brita ne fit aucun commentaire. Contrairement à tous ceux

qu'il avait emmenés en ces lieux, elle ne sembla même pas impressionnée par la maison.

Pourtant, l'édifice était un prodige d'architecture, figurant dans quantité de revues spécialisées. Chacun des niveaux prenait appui sur le précédent, en une sorte de spirale à flanc de rocher, sur toute la hauteur de la falaise qui tombait à pic dans la mer. C'était une construction si remarquable que les bateaux de touristes, faisant le tour de l'île, marquaient l'arrêt pour permettre de l'admirer.

Asterion se sentait étrangement… *fasciné* par cette femme, qu'il était allé chercher dans une villa presque en ruine, et qui ne manifestait pas le moindre intérêt pour le chef-d'œuvre qu'il lui faisait découvrir.

Elle le suivait sans paraître, non plus, lui accorder un tant soit peu d'attention, et ils avaient presque atteint l'extrémité de l'espace paysagé – là où le bord de la falaise dominait la mer à plusieurs dizaines de mètres en dessous –, quand Asterion fut bien forcé d'admettre qu'il ne se souvenait pas d'avoir vécu pareille expérience.

Quand, donc, s'était-il trouvé en compagnie d'une femme sans que celle-ci se pâme d'admiration devant lui ?

Jamais, à vrai dire.

Brita ne semblait même pas avoir conscience de sa présence. Elle marchait à côté de lui, manifestement aux aguets pour repérer la créature en détresse qu'il lui avait annoncée.

Ce en quoi Asterion continuait à refuser de voir un *mensonge*, à proprement parler. N'était-il pas un homme de pouvoir, habitué à faire flèche de tout bois pour parvenir aux objectifs qu'il se fixait ? Aussi était-il complètement ridicule qu'il ne cesse de retourner le sujet dans son esprit, comme l'aurait certainement fait l'individu qu'il était censé incarner.

Asterion Teras n'était pas homme à tergiverser !

Asterion Teras prenait des décisions qu'il mettait à exécution, sachant qu'il lui faudrait en assumer toutes les conséquences.

Cela faisait partie inhérente du contrôle qu'il tenait à exercer sur lui-même ainsi que sur tous ceux qui gravitaient autour de lui. Et ce, depuis l'âge de douze ans.

C'était seulement l'étrange comportement de cette femme qui lui embrouillait les idées. Rien de plus.

Manifestement, personne n'avait jamais expliqué à celle-ci quelle attitude adopter face à un homme tel que lui.

Ils marquèrent une pause, et Brita continua à tendre l'oreille, agissant toujours comme si elle était seule.

— Savez-vous que les villageois parlent de vous avec une sorte de crainte ? avança-t-il. Certains pensent que vous êtes la réincarnation d'une déesse mythologique. Une chasseresse immortelle, à laquelle on offrirait des sacrifices et que l'on vénérerait dans des cérémonies...

Asterion s'attendait à ce que la jeune femme émette le genre de petit rire de gorge avec lequel ses semblables accueillaient le moindre de ses propos. Or, c'était bien la première fois de sa vie qu'il proférait, à l'égard de l'une d'entre elles, un point de vue ressemblant plus ou moins à un compliment.

Mais au lieu de glousser en coulant vers lui un regard émoustillé, Brita continuait à l'ignorer.

— C'est ridicule, finit-elle par lâcher. Je suis sûre que les sœurs, au monastère, ne trouveraient pas cela drôle du tout.

Puis elle se remit en route, jusqu'au bord de la falaise. Là où de larges rochers, de forme arrondie – et de dimension suffisante pour servir d'autels sacrificiels le cas échéant –, jouaient le rôle de garde-corps au-dessus du précipice. À l'inverse de tous les visiteurs, Brita ne semblait nullement effrayée. Elle ne fit même aucun commentaire sur l'aspect vertigineux de l'endroit où Asterion avait choisi d'élever ce qu'il considérait comme son foyer.

Sans crier gare, la Diane chasseresse qu'était Brita Martis bondit lestement sur l'un des rochers.

Puis elle prit le temps de regarder autour d'elle, s'attardant sur les déclivités abruptes plongeant dans l'abîme, sur les lumières éclairant le labyrinthe de la maison qui enroulait ses niveaux le long de l'à-pic.

— Je n'entends rien, finit-elle par dire. Êtes-vous certain de vous être trouvé en cet endroit lorsque vous avez perçu les gémissements ?

— Certain.

Sauf qu'Asterion commençait à douter sérieusement de son stratagème. Or, le doute était un état inconnu de lui. Les Teras n'étaient-ils pas génétiquement prédisposés à ne jamais douter d'eux-mêmes ?

Cependant, il n'aurait pu imaginer qu'en sa présence, une femme s'intéresserait à tout autre chose que sa personne.

Pour un peu, il s'en serait senti humilié – si tant est que ce sentiment lui soit concevable.

— Des miaulements de chats ou des cris d'oiseaux ressemblent parfois à des gémissements de bêtes blessées, déclara Brita en se tournant vers lui.

Une nouvelle fois, Asterion fut frappé par sa beauté avec la même force que si elle lui avait lancé l'une de ses flèches en pleine poitrine. Sous la pâle lueur de la lune, elle ressemblait à une statue façonnée dans le marbre le plus parfait par des mains amoureuses. La brise marine faisait voltiger des mèches de sa chevelure de jais autour de son visage, ce dont elle ne se souciait pas le moins du monde, occupée qu'elle était à scruter l'ombre autour d'eux.

— Je suis capable de reconnaître des cris d'oiseaux, se défendit Asterion.

— J'imagine... En habitant cette maison plantée sur le

rocher, au-dessus de la mer, vous ne pouvez qu'y être habitué. D'ailleurs, je suis surprise qu'elle ne soit pas souillée par...

Asterion l'interrompit d'un ton sec.

— Étant donné que c'est une merveille d'architecture, je fais ce qu'il faut pour la protéger des déjections de volatiles en tout genre.

Les prunelles où l'or se mêlait à l'argent le fixèrent avec une sévérité telle qu'il en fut à nouveau ébranlé, et se hâta d'ajouter :

— Bien sûr, en prenant garde à ne pas perturber la vie des colonies d'oiseaux des environs. Pour qui me prenez-vous ?

Ce fut seulement à cet instant que Brita, abaissant son regard vers lui de toute la hauteur du rocher où elle s'était perchée, sembla lui accorder enfin son entière attention.

— Je sais parfaitement qui vous êtes, dit-elle. J'ai grandi sur cette île. Il m'aurait été impossible de ne pas entendre raconter tout un tas d'histoires sur vous et votre famille.

— Contrairement à ceux que les gens colportent sur votre immortalité de déesse, les récits en rapport avec ma famille sont certainement plus vraisemblables.

Brita eut une moue désabusée.

— On dit que vous êtes taillé dans la pierre la plus dure qui soit, et que vous êtes imprégné d'une incommensurable tristesse, observa-t-elle. Pourtant, vous ne me semblez guère différent de vos semblables. Ne m'en veuillez pas, mais je vous trouve même un peu... décevant.

L'insolente n'avait nullement cherché à adoucir son propos par un petit sourire en coin, ni quelque coup d'œil faussement gêné.

Asterion ne put s'empêcher de laisser paraître son étonnement.

— *Décevant ?* s'exclama-t-il.

Hochant la tête, Brita se détourna à nouveau, mains sur les hanches, pour se remettre à examiner les environs.

— Mettez-vous à ma place, dit-elle. Toute ma vie, j'ai entendu les gens vous surnommer l'Ogre de la Méditerranée. Et je découvre que vous êtes tout à fait charmant. À croire que les habitants de l'île sont dotés d'une imagination débordante !

— Tout à fait *charmant* ? On m'a affublé de bien des qualificatifs, mais jamais de celui de *charmant* !

Les yeux écarquillés, Asterion avait répété les paroles de Brita avec l'arrogance outragée dont il était capable, mais c'était peine perdue car elle ne sembla pas le moins du monde embarrassée.

— Je suppose que c'est à cause de votre fortune, observa-t-elle avec cette franchise dont elle était manifestement coutumière. Vous êtes tellement riche que cela incite les gens à inventer tout un tas d'histoires à votre sujet. Par exemple, que vous êtes une sorte d'ogre qui parcourt la planète en tous sens pour dépouiller de leur fortune ceux qui sont suffisamment stupides pour se dresser devant vous. C'est probablement plus facile à accepter que la banale vérité.

— Et quelle serait donc cette *banale* vérité ?

Une nouvelle fois, Brita Martis l'observa attentivement, en inclinant la tête de côté, comme Asterion l'avait vue faire lorsqu'elle évaluait la situation sur la falaise. Il ne parvenait pas à se faire à cette façon qu'elle avait de le regarder comme s'il ne comprenait rien à rien.

— Votre famille roule sur l'or, pas vrai ? dit-elle. Autrefois, il y a longtemps, c'était le cas aussi de la mienne. Mais ils ont tout gaspillé, et il ne leur reste plus un sou. Du coup, ils ne parlent que de ça. Je suis sûre que, chez vous, l'argent n'est jamais un sujet de discussion. À quoi bon ? Cela n'en vaut pas la peine. Votre fortune est aussi inépuisable que la mer.

Brita n'avait pas tort, et Asterion aurait dû se réjouir que la jeune femme qu'il se promettait d'épouser soit capable d'une telle perspicacité. Et, surtout, qu'elle n'ait pas la moindre difficulté à prendre la mesure de ce qu'il était – une faculté que ses rivaux en affaires auraient adoré posséder.

— Je connais votre famille, répliqua-t-il. Des membres du clan Martis ont joué un rôle important sur cette île, pendant des générations.

— Mais les derniers d'entre eux sont cloîtrés dans cette villa vétuste, à attendre de recouvrer leur splendeur passée comme par enchantement. Leur espoir est que, un beau matin, ils se réveilleront aussi fabuleusement riches qu'autrefois. Qui sait ? Il arrive que des choses encore plus étranges se réalisent.

— Certes, acquiesça Asterion sans parvenir à détacher son regard de cette étrange créature. Mais c'est rarement le cas lorsqu'il s'agit d'argent.

Avec un petit hochement de tête, comme pour manifester son accord, Brita sauta à terre sans produire le moindre bruit, laissant Asterion pantois – sentiment tout nouveau pour lui.

— Est-ce que vous avez un téléphone portable ? questionna-t-elle d'un air inquisiteur.

— Bien sûr, marmonna Asterion. Qui n'en a pas, aujourd'hui ?

Comment était-il possible que cette diablesse le plonge dans un tel état de confusion ? s'indigna intérieurement Asterion. Il ne maîtrisait plus rien de la situation, alors qu'il s'honorait de tout contrôler dans sa vie. Et il n'en pouvait plus de demeurer bouche bée devant tant d'audace et de singularité. Habituellement, n'était-ce pas *lui* qui impressionnait son auditoire ?

Sans se donner la peine de répondre, Brita tendit une main impérative. Tel un enfant réprimandé, Asterion fourragea dans sa poche pour en extraire son smartphone et le poser dans la paume ouverte.

Quiconque aurait vu le redoutable P-DG du groupe Minotaure attendre sans broncher pendant que l'indomptable Brita

Martis pianotait sur le clavier de l'appareil, n'en aurait pas cru ses yeux !

— Appelez-moi si vous entendez ces gémissements à nouveau, dit-elle en lui restituant son bien.

Asterion ne put s'empêcher de remarquer qu'elle avait assorti cette remarque d'une mimique indiquant assez clairement qu'elle espérait que ce ne serait pas le cas.

Manifestement, la superbe Diane chasseresse n'en avait rien à faire de lui ! De *lui*, Asterion Teras !

— Je n'y manquerai pas, répliqua-t-il, s'efforçant d'adopter le ton dégagé que l'on pouvait attendre de celui qu'il prétendait être. Je vous remercie de m'avoir accompagné. Vous allez pouvoir retourner à votre famille.

— Oh ! je ne rentre pas à la villa. Je préfère dormir à la belle étoile. Vous comprenez, il ne me reste plus longtemps à en profiter avant la fin de mon année probatoire.

— *Pardon ?*

Encore une fois, les grands yeux lumineux se posèrent sur Asterion en lui donnant l'impression qu'une main invisible l'effleurait.

— Avant de prendre le voile, expliqua sérieusement Brita, une novice est tenue de retourner dans le monde pendant une année. Pour être certaine qu'elle ne se trompe pas sur son choix de vie.

— Donc, vous n'êtes pas encore religieuse, c'est cela ?

L'idée que ce dont il avait été informé était certainement avéré déclencha dans l'esprit d'Asterion un tumulte sur lequel il n'eut pas le temps de s'interroger, car Brita le regardait en souriant et ce sourire ne faisait qu'aggraver les choses.

C'était un sourire qui semblait l'illuminer de l'intérieur, laissant Asterion complètement sous le charme.

Il était incapable de penser à autre chose qu'à ce qu'il pourrait faire de ce corps souple, des rondeurs qui se laissaient deviner et rendaient encore plus fascinante la silhouette athlétique.

Des images lancinantes envahissaient son esprit, dont il ne savait comment les en effacer.

Comment surmonter pareille fascination ?

Cela lui ressemblait si peu !

— Je le suis *presque*, dit-elle. Dans deux mois, je prononcerai mes vœux.

Puis, manifestement inconsciente de l'effet qu'elle produisait sur lui – à moins qu'elle n'en ait cure –, Brita Martis contourna Asterion et, d'un pas léger, s'enfonça dans les ténèbres de la forêt.

Sans un regard en arrière.

Ce dont il était certain, car il ne la quitta pas des yeux jusqu'à la voir disparaître, le laissant seul sur la falaise, avec pour seul compagnon le vent qui balayait l'obscurité où elle s'était tenue.

4

Deux nuits plus tard, Brita vint s'asseoir sur un amoncellement de rochers, tout en haut d'une colline – bien loin des villages touristiques de la côte –, pour admirer la lune se levant au-dessus de la mer, comme elle aimait à le faire si souvent.

Le jeune loup qu'elle avait sauvé d'un piège, l'hiver précédent, s'appuya contre ses mollets. Il laissa échapper de faibles geignements lorsqu'elle le regarda.

Brita l'avait prénommé Héraclès, et elle savait qu'il était inutile d'essayer de le caresser. Il était trop fier pour se laisser faire. Cependant, si elle demeurait parfaitement immobile, il arrivait qu'il pose sa tête contre elle en signe d'affection.

Une manifestation de tendresse qui lui manquerait, car elle ne trouverait rien de tel au couvent, en dépit de l'atmosphère amicale qui y régnait.

Plus approchait le jour où elle s'y enfermerait pour de bon, plus Brita était envahie par une sourde mélancolie. Sa vie serait tellement différente, alors !

Les sœurs avaient beau se dire prêtes à l'accompagner dans son projet de créer un sanctuaire pour animaux sauvages, jamais elles n'accepteraient qu'un louveteau gambade sur ses talons.

« Tu n'es qu'une Blanche-Neige, mal dégrossie », avait un jour ricané sa belle-mère en vidant une bouteille.

Brita avait pris cela comme un compliment.

« Sais-tu que les animaux sont bien meilleurs juges de la nature humaine que nous-mêmes ? avait-elle rétorqué. Ils repèrent les mauvaises intentions à des kilomètres à la ronde. Et ils ne peuvent pas souffrir les imbéciles. »

Évidemment, la sentence avait été immédiate : au lit sans dîner ! Hélas, un soir de congé de Maria...

Poussant un grand soupir, Brita se dit que la paix qu'elle trouvait au couvent méritait bien quelques sacrifices.

N'était-ce pas toujours le cas dans la vie ? songea-t-elle.

— Comme si on venait au monde pour être heureux, pas vrai ?

Brita avait dit cela à mi-voix, et Héraclès lui répondit par un léger feulement. Mais quelle ne fut pas sa surprise quand, dans son dos, elle entendit une voix mâle demander :

— Et pourquoi devrait-on s'interdire de chercher le bonheur ?

Une voix qu'elle reconnut instantanément, car elle éveilla dans son corps le genre de sensations qui l'avaient parcourue chaque fois qu'elle pensait à cet homme depuis leur rencontre.

Curieusement, l'Ogre de la Méditerranée n'avait guère quitté son esprit depuis lors.

Il était même venu la tourmenter dans son sommeil !

Dans des rêves confus, sombres, douloureux, qui hantaient Brita longtemps après son réveil et dont elle ne parvenait pas à comprendre le sens. Elle s'éveillait de ces nuits agitées dans un maelström d'émotions lui donnant l'impression que son corps était à la fois embrasé, hypersensible, *lourd*...

Héraclès grogna doucement, puis s'éloigna.

Quand bien même Brita n'avait aucun doute sur l'identité de celui qui l'interpellait, elle ne put résister à l'envie de se tourner vers lui.

Pourquoi fallait-il qu'à la simple idée de faire face à cet individu, elle soit submergée par ce même trouble étrange ?

Lors de leur première rencontre, Asterion Teras avait exactement l'apparence que l'on pouvait attendre d'un homme tel que lui. Son costume sombre, manifestement sur mesure, était l'attribut typique de la richesse. L'étoffe du vêtement épousait étroitement la silhouette athlétique de son propriétaire, sans que pour autant celui-ci ait l'air apprêté. Ou peut-être était-il simplement à l'aise où qu'il se trouve : que ce soit dans la cuisine vétuste de parfaits inconnus, ou au sommet de la falaise où se nichait son extraordinaire demeure.

Ce soir, en revanche, il avait choisi une tenue décontractée. Son pantalon était coupé dans un tissu suffisamment souple pour que Brita n'ait pas entendu le moindre froissement annonciateur de sa présence. Et, chose qui ne pouvait que mettre à mal le reste de sang-froid auquel elle se cramponnait, le buste d'airain était étroitement moulé par un simple T-shirt.

Brita n'avait pas pour habitude de s'intéresser à la manière dont un homme était vêtu. À dire vrai, la gent masculine ne retenait jamais son attention. Hormis de façon négative, comme lorsqu'elle devait affronter l'un de ceux que son père souhaitait lui faire épouser. De plus, il n'était pas rare qu'elle croise des individus mâles en T-shirt, puisque c'était l'accoutrement favori des touristes déferlant sur l'île.

Mais ce T-shirt-là semblait taillé dans le marbre : une œuvre d'art de la statuaire antique, sous la clarté de la lune.

Pour autant qu'il lui avait été, parfois, donné de voir ses cousins se pavaner au bord de l'antique piscine de la propriété familiale, Brita n'avait jamais trouvé le moindre intérêt à la plastique masculine.

Néanmoins, ce soir, la morphologie de l'homme planté à quelques pas, causait en elle une sorte de choc anaphylactique – comme une allergie qui lui donnait l'impression d'être envahie par d'irrépressibles démangeaisons.

Peut-être était-ce la raison de son inexplicable malaise ? Qui sait si elle ne souffrait pas d'une bizarre *allergie* ?

— Comment m'avez-vous trouvée ? questionna Brita.

Habituellement, n'était-ce pas *elle* qui savait suivre à la trace les animaux des collines ?

Là où elle était aussi à l'aise qu'Asterion Teras devait l'être dans cette incroyable construction, à pic sur la mer.

Qu'il vive dans pareille demeure révélait une personnalité bien moins policée que Brita ne l'aurait supposé de la part d'un membre de sa caste.

Au cours de ses pérégrinations, elle avait parfois aperçu à distance l'étrange empilement de verre et d'acier, où se reflétait la lumière et qui semblait presque fait d'un genre de matière organique.

La nuit, l'édifice, scintillant sous la lune, donnait l'impression que l'on avait affaire à quelque chose de *vivant*.

— Tout le monde sait où trouver la déesse de la chasse quand la lune se lève, répondit Asterion.

Le cœur battant à tout rompre, Brita ne chercha même pas à s'opposer à cette affirmation. Au lieu de cela, elle revint sur la question qu'il avait posée :

— Qu'avez-vous dit... au sujet du bonheur ?

En fait, c'était juste pour gagner du temps, car elle n'avait pas oublié ce qu'Asterion avait demandé.

« Pourquoi devrait-on s'interdire de chercher le bonheur ? »

C'était une interrogation qui la déstabilisait au plus haut point. Quelques mots qui résonnaient en elle comme l'interminable écho d'une détonation, la mettant encore plus mal à l'aise que la réaction allergique qui continuait à la tenailler.

Asterion Teras la dévisageait avec une curiosité presque douloureuse.

— Je ne faisais que renchérir sur le sujet que vous souleviez en interpellant votre chien, répondit-il.

Brita lança un coup d'œil en direction des buissons où elle savait qu'Héraclès était parti se cacher. Il ne devait guère apprécier d'être qualifié de *chien* ! Cependant, elle ne chercha pas à reprendre son interlocuteur. Elle avait trop l'habitude que les gens doutent de la présence des loups sur l'île.

Pour l'instant, ce qui la préoccupait, c'était la façon dont tout son épiderme était parcouru de picotements. Fixant son regard sur Asterion, elle se demanda si c'étaient les effets de celui qu'il posait sur elle.

— Pourquoi dit-on de vous que vous êtes un *ogre* ? interrogea-t-elle. Pour autant que j'en puisse juger, vous me semblez surtout soucieux de venir au secours de créatures en détresse dans les bois...

— Je crois que vous comme moi, nous ne savons plus très bien où nous en sommes, petite sauvageonne, répliqua Asterion.

Il y avait dans la voix empreinte d'une culture raffinée, une rudesse sous-jacente qui vint tourmenter encore davantage l'épiderme de Brita. À nouveau, elle s'efforça de se convaincre qu'il ne s'agissait que d'une sorte d'urticaire géante.

À moins que ce soit dû au fait de s'entendre appeler « petite sauvageonne » par cet homme ?

Quittant l'ombre des arbres, il vint se planter à côté d'elle, dans le petit espace dégagé que Brita avait toujours considéré comme lui appartenant en propre.

Ces collines, cette vue, n'étaient-elles pas ce qui lui permettait d'échapper au reste du monde ?

Pourtant, qu'Asterion ose s'aventurer là où personne ne se risquait jamais avec elle, ne donnait pas l'impression à Brita d'une *violation* de territoire.

À son grand étonnement, elle prenait conscience que les rêves qui l'avaient hantée depuis leur première rencontre, étaient tissés des éphémères souvenirs qu'il avait laissés dans son esprit. Comme le parfum qui enveloppait Asterion, et qu'elle avait perçu ce premier soir – quelque chose évoquant le feu de bois, où se mêlaient les effluves d'un épiderme mâle.

Insensiblement, Brita se rapprocha d'Asterion, mais se retint de humer son odeur comme l'aurait fait un animal – même *elle* ne pouvait ignorer qu'il s'agissait d'un comportement inacceptable.

— Vous aviez dit que je pouvais vous appeler, ajouta Asterion. Il m'a semblé plus simple de venir à votre rencontre.

Quand bien même Brita savait pouvoir donner l'impression d'avoir été élevée par une meute de loups, elle n'en avait pas moins suffisamment de contacts avec l'espèce humaine pour être consciente que l'excuse d'Asterion était des plus piètres.

Ce dont elle se moquait éperdument !

— Si vous avez encore entendu des gémissements, je crains que vous vous trompiez de tactique, objecta-t-elle. À l'avenir, mieux vaut que vous restiez dans le coin, si vous ne voulez pas que la pauvre bête disparaisse comme la dernière fois.

Brita avait eu beau se contraindre à ne pas braquer les yeux sur le si troublant T-shirt, elle ne pouvait s'empêcher d'être pleinement consciente de sa proximité. Lorsqu'elle perçut le mouvement de tête d'Asterion, se tournant dans sa direction, ce fut comme s'il l'obligeait à le regarder – comme s'il avait emprisonné, pour ce faire, son visage entre ses mains.

— Désolé, fit-il.

Il fallut un réel effort à Brita pour se tourner, à nouveau, vers les reflets de la lune sur la mer ; et pour maîtriser son souffle, un peu trop rapide, un peu trop saccadé.

Elle ne savait trop à quoi s'attendre. Un homme tel qu'Asterion Teras ne devait pas parcourir plusieurs kilomètres à travers bois juste pour échanger quelques mots.

Pourtant, il semblait se satisfaire de demeurer debout à côté d'elle, face à l'immensité de la mer, observant un long silence.

La lune était déjà haute dans le ciel, et Brita devait encore trouver l'endroit où elle passerait la nuit. Peut-être ferait-elle mieux, également, de se confectionner un cataplasme avec des plantes susceptibles d'apaiser cette allergie qui la rendait si fébrile...

Faisant volte-face, elle se dirigea vers la piste qu'elle avait fini par créer à force de venir s'installer en cet endroit. Comme si c'était parfaitement naturel, Asterion lui emboîta le pas.

Ils cheminèrent ensemble quelques instants, en silence. À sa grande surprise, Brita ne s'était jamais sentie autant en confiance avec quiconque.

— Peut-on vraiment se consacrer à la recherche du bonheur ? finit-elle par lâcher.

Elle avait conscience d'être retombée dans l'une des pratiques que les sœurs lui reprochaient si souvent : croire que la personne à vos côtés savait toujours ce que vous aviez en tête, sans chercher à s'en expliquer au préalable – comme si autrui partageait forcément vos pensées –, une habitude contractée tout au long de son enfance solitaire.

— Pourquoi pas ? répliqua Asterion.

Pour sa part, il n'avait pas semblé outre mesure déstabilisé, et Brita ne se gêna pas pour proférer ce qui ressemblait fort à un coq-à-l'âne :

— On dit que votre frère est le joyeux luron, d'entre vous deux. Pourquoi n'êtes-vous pas pareillement insouciant ?

— Physiquement, nous nous ressemblons trait pour trait.

Ce n'était pas une réponse, et Brita insista :

— Si vous le vouliez, vous pourriez être aussi souriant et optimiste que lui, non ? Ça n'a pas l'air d'être le cas...

— Est-ce que cela signifie, pour autant, que je suis éternellement plongé dans les affres du désespoir ?

— Je ne sais pas. Vous l'êtes ?

Le silence qui répondit à sa question fit presser le pas à

Brita. Instinctivement, elle avait le sentiment de s'être avancée en terrain miné.

— Vous préférez peut-être réserver vos manifestations de gaieté à des cercles privés, se décida-t-elle enfin à ajouter. Après tout, qu'importe que vous passiez pour le plus maussade des deux ?

— Tout le monde ne peut pas dispenser sa bonne humeur à la ronde comme le fait mon frère !

Brita avait maintes fois entendu évoquer la rivalité opposant les jumeaux. Aussi s'étonna-t-elle qu'Asterion mentionne son frère avec autant de... oui, *affection*.

Ce n'était pas ainsi que son propre père parlait de ceux avec qui il était en conflit !

— Je n'ai jamais compris l'intérêt de se faire passer pour ce qu'on n'est pas, observa-t-elle d'un air détaché. Par exemple, tout le monde voudrait que j'imite ma cousine Panagiota. Elle a cinq ans de plus que moi et toute la famille considère qu'elle est dotée des multiples qualités qui me manquent cruellement. Hormis une.

Jetant un coup d'œil en direction d'Asterion, Brita constata qu'il l'observait avec une fixité presque dérangeante. Elle faillit lui faire remarquer qu'il risquait de trébucher s'il ne regardait pas devant lui. Mais elle s'abstint, craignant que, comme tout mâle normalement constitué, il n'apprécie guère d'être pris en faute.

— Mon père se plaît à répéter que c'est Panagiota qui devrait s'enfermer dans un couvent, vu son physique, reprit-elle. Il ne comprend pas comment c'est moi, sa calamiteuse fille, qui ai fait ce choix. Alors que, dit-il, mon visage pourrait rivaliser avec celui d'Hélène de Troie.

Pendant un moment, ils progressèrent en silence sur le chemin dangereusement proche du précipice. Si Brita s'était inquiétée, un peu plus tôt, de voir Asterion faire un faux pas, elle se rendit compte que son appréhension était vaine : si l'homme semblait avoir été élevé dans du coton, il n'en était pas moins aussi agile qu'une chèvre des montagnes.

— Je n'ai jamais entendu une femme parler de sa propre beauté comme vous le faites, finit-il par lâcher. C'est assez déconcertant.

Brita jugea cette remarque peu crédible : il y avait fort à parier que rien, jamais, ne devait déconcerter Asterion Teras.

Quant à sa beauté, c'était un fait incontournable qui ne l'avait jamais préoccupée, quand bien même il était clair qu'elle intéressait au plus haut point tous ceux qui posaient les yeux sur elle.

— Dans ma famille, on me reproche de manquer terriblement de féminité, se contenta-t-elle d'observer. Par là, ils veulent dire que je devrais rougir, bafouiller, bref, afficher un manque de confiance en moi dont je ne souffre nullement. Ce n'est pas comme si je ne m'étais jamais regardée dans un miroir ! En plus, être belle ne m'a valu que des ennuis, jusqu'ici. Si j'avais hérité du même physique que les femmes de ma famille, tout le monde m'aurait laissée tranquille. Et j'aurais pu faire ce que je veux dans la vie.

— C'est-à-dire ?

Asterion s'était arrêté pour la dévisager. Entre les frondaisons, on entendait le chuchotis de la brise. Les rayons de lune dansaient dans les branches, donnant à la scène quelque chose d'irréel. Comme si Brita vivait l'un des rêves qui la tourmentaient depuis quelque temps – un de ces rêves qui la laissaient tout endolorie et brûlante de fièvre.

— Ce que je veux ? redit-elle.

Soutenant son regard, Asterion l'encourageait visiblement à poursuivre. Brita déglutit, avant de reprendre :

— Rien d'extraordinaire. Continuer à faire ce que j'ai toujours fait en prenant soin de créatures encore plus démunies de protection que je ne le suis moi-même. Ce n'est pas original. De nos jours, le monde regorge de supporteurs de la cause animale. Mais savez-vous qu'on trouve ici des espèces qui n'existent nulle part ailleurs, ni même sur d'autres îles de la Méditerranée ?

Brita laissa s'éteindre l'écho de son fervent plaidoyer en se demandant si Asterion Teras allait la remettre à sa place, comme le faisaient tous ceux devant lesquels elle s'exprimait avec passion. Au tréfonds d'elle-même, la taraudait la certitude qu'elle serait anéantie s'il agissait de la sorte. Il n'en fit rien.

— Je le sais bien, dit-il, puisque j'ai dû faire appel à tout un tas de spécialistes de la faune locale lorsque je me suis mis en tête de construire une maison susceptible de menacer l'habitat de certaines espèces.

— Mon projet, ce serait de créer un refuge pour les animaux ayant besoin de soins, jusqu'à ce qu'ils puissent être remis dans la nature, à moins qu'il ne faille les garder à l'abri pour le restant de leurs jours. De manière qu'ils ne risquent pas de terrifier quelque touriste, et soient mis à mort pour cela.

Levant une main pour imposer silence à Asterion avant même qu'il n'ouvre la bouche – elle avait trop l'habitude d'affronter les sarcasmes de sa famille –, Brita poursuivit avec véhémence :

— Et ne me dites pas que je réagis de façon trop émotionnelle sur le sujet ! Je le sais. C'est ce que tout le monde me répète. Heureusement, les sœurs m'ont promis de soutenir mon projet. Ce serait certainement à une petite échelle, mais ça vaut mieux que rien.

— Vous semblez résignée à votre sort, petite sauvageonne.

— J'apprécie l'atmosphère du couvent. Cela change du chaos dans lequel j'ai été élevé.

Ils se remirent en marche, et Brita prit plaisir à sentir leurs deux corps bouger à l'unisson, comme en une sorte de danse harmonieuse, tandis qu'ils progressaient ensemble vers le pied d'une colline que peu de monde avait jamais gravie.

Quand elle avait évoqué les turbulences de son enfance, Asterion lui avait lancé un regard en coin, à croire qu'il comprenait ce dont elle parlait, lui que sa fortune aurait dû protéger de ce genre de choses. Mais peut-être s'était-elle méprise sur son expression, dans les ombres mouvantes.

Néanmoins, elle se remit à expliquer :

— Au couvent, chaque jour est identique au précédent. Les mêmes prières, le même emploi du temps. Certes, les saisons changent, tout comme ici. Mais rien d'autre ne bouge. Cela donne un sentiment d'éternité. De sécurité. J'aime ça.

Brita ne fut guère surprise lorsque Asterion objecta :

— Mais enfin, Brita, si vous vous destinez à une vie de sainteté, c'est votre vocation qui devrait compter avant tout, non ? Tout le reste est accessoire.

— Peu importe que j'aie ou non la vocation. Mon objectif n'est pas d'atteindre la sainteté. Ce que je veux, c'est consacrer ma vie à servir les autres.

Brita ne se risqua pas à ajouter : « Et à donner du sens à ma vie. »

La fois où elle avait osé formuler cela devant son père, il avait hurlé de rire.

« Contente-toi d'être utile à ta famille ! » avait commenté sa belle-mère d'un ton acerbe.

Mais Brita s'était bien juré qu'elle n'accepterait jamais de gâcher sa vie au bras d'un homme riche qui l'exhiberait comme un trophée. Elle était prête à tout pour éviter ça !

Elle s'attendait à ce qu'Asterion la soumette à un feu roulant de questions, comme le faisaient la plupart des gens – curieux de savoir comment elle parvenait à renoncer à telle ou telle chose –, mais il n'en fit rien.

Ils continuèrent à marcher côte à côte, dans un silence

aussi recueilli que celui des prières du matin au monastère. Dans une paix aussi sacrée. Une atmosphère aussi intime.

Lorsqu'ils arrivèrent au pied de la colline, Brita découvrit une autre voiture de sport, garée à la va-vite sous les oliviers dont les feuilles brillaient des mêmes reflets argentés que la lune.

— Je vous appellerai sans tarder, dit Asterion en s'avançant vers elle.

Bien que ne sachant pas ce qu'il avait l'intention de faire, Brita fut sur le point de se rapprocher de lui, instinctivement, comme si elle quémandait…

Il se borna à lui effleurer la pommette de son pouce, et elle se demanda s'il était simplement en train d'en enlever une brindille.

Ce geste avait eu beau être très bref, quasi imperceptible, ils n'en demeurèrent pas moins immobiles, face à face, pendant quelques interminables secondes.

À croire que quelque chose avait changé entre eux. Que dans l'espace les séparant, cette caresse fugace avait allumé une petite flamme.

Et longtemps après que la voiture s'était enfoncée dans le chemin tortueux, Brita demeura là où Asterion l'avait abandonnée, les yeux levés vers la lune, seul témoin de cette scène, une main posée sur sa joue.

Là où elle sentait presque la trace déposée par son doigt.

5

— Ton manque de confiance en moi me laisse pantois !

Asterion avait lancé cette apostrophe d'un ton sec à l'intention de sa grand-mère. Assise en majesté sur ce qui lui tenait lieu de trône, Dimitra eut un geste de la main aussi élégant que si elle brandissait un sceptre.

— Pour l'instant, tu ne me sembles pas avoir beaucoup progressé dans ton approche de celle que je te destine, fit-elle avec sa causticité légendaire. Tout au moins pour ce que j'en sais.

— J'ignorais que tu souhaitais être informée des moindres développements de l'affaire.

Toujours soucieux de ne jamais trop en dire avant qu'une affaire ne soit conclue, Asterion s'était bien gardé de s'ouvrir à sa grand-mère de ses pérégrinations à travers les collines, à la recherche de la créature à demi sauvage qu'elle avait choisie pour lui.

Cependant, il ne pouvait s'empêcher de se demander si c'étaient seulement ses habitudes de négociateur qui le poussaient à tant de discrétion. N'était-ce pas, plutôt, le désir de garder pour lui seul ses rencontres avec Brita ?

Non ! Il n'était pas du genre sentimental !

Par expérience, Asterion connaissait les ravages que pouvaient causer pareilles faiblesses, et il avait organisé sa vie de manière à s'en préserver. L'irruption, dans son univers, d'une fantasque inconnue n'allait pas lui faire remettre en cause des habitudes solidement ancrées.

Car il suffisait qu'Asterion se retrouve dans ce qui avait été sa maison familiale pour entendre à nouveau les échos des vieilles querelles : les cris, les sanglots, le fracas du verre brisé...

Ses parents avaient toujours balayé d'un revers de main pareilles manifestations de ce qu'ils considéraient être leur « tempérament passionné ».

Comme si c'était une excuse recevable !

Depuis le jour où il avait miraculeusement échappé à l'accident, Asterion avait décidé qu'il ne se mettrait jamais en situation de devoir user de ce genre de prétexte.

Se souvenant de ce qui avait été la pire nuit de son existence, il fusilla sa grand-mère d'un regard exagérément sévère.

— Il aurait pu m'être utile d'en apprendre un peu plus par ta bouche, au sujet de la femme que tu me destinais, Yaya, fit-il d'un ton rogue. Cela m'aurait évité d'ajouter foi à tous les ragots que l'on colporte sur son compte. Brita Martis n'est peut-être pas ce que l'on attend habituellement d'une jeune fille à marier, cependant elle n'est pas pour autant la sauvageonne que l'on m'a décrite.

— Tu m'as l'air d'en être particulièrement persuadé, mon enfant.

Le regard de Dimitra brillait d'une lueur malicieuse, mais Asterion résolut qu'il ne lui en dirait pas plus. Mieux valait ne pas abattre ses cartes, tant qu'il n'aurait pas la certitude de parvenir à battre sa grand-mère à son propre jeu.

S'installant sur l'un de ces canapés extravagants qu'elle affectionnait tant – et qui heurtaient le goût d'Asterion –, il la gratifia d'un regard aussi nonchalant qu'il en était capable.

— Que sais-tu sur la famille Martis ? questionna-t-il.

Dimitra laissa échapper ce qui se voulait être un bref éclat de rire, mais ressemblait davantage à une sorte de jappement.

— Sa famille ? lâcha-t-elle. Eh bien, j'en sais suffisamment pour avoir conscience de leur déchéance. Quand j'étais jeune, le grand-père de Brita s'était taillé une réputation tellement désastreuse, qu'un décret royal l'avait contraint au mariage. Hélas, sans que cela calme ses ardeurs ! Le père de ta future est né de cette malheureuse union. Bien que peu attirant, je sais que ce dernier a eu deux épouses. Quant à la situation financière des Martis, elle n'est guère brillante. Paniqués à l'idée de voir s'épuiser les quelques vestiges de leur ancienne fortune, ils n'ont pu que se réjouir en constatant que la nature avait été particulièrement bienveillante avec Brita.

Le coup d'œil malicieux dont la vieille dame gratifia son petit-fils, disait assez qu'elle s'attendait à ce qu'il s'extasie sur la beauté de Brita Martis. Asterion n'en fit rien, se contentant de fixer sa grand-mère sans ciller. Au bout de quelques secondes, elle sourit avec l'air de considérer que ce silence avait force d'aveu.

Ce fut d'un ton satisfait qu'elle poursuivit :

— Ils n'attendent que l'occasion de la marier à un homme riche, afin de redorer leur blason tout en liquidant leurs dettes.

Asterion secoua la tête d'un air accablé.

— Et tu imagines que j'ai le profil parfait pour le job ? lança-t-il. Je pensais que ton snobisme naturel, et ton obsession de préserver notre « héritage familial », comme tu dis, me mettraient à l'abri de ce genre de vautours.

Se redressant sur son pseudo-trône, Dimitra leva les yeux au ciel.

— Ne sois pas ridicule ! siffla-t-elle. Les Martis ont peut-être bien des défauts, tous plus sordides les uns que les autres, il n'en reste pas moins que leur lignée est l'une des plus anciennes et des plus nobles de notre île. Je n'ai aucune confiance en Vasilis Martis mais cela ne change rien au fait qu'il est bel et bien de sang bleu. Tu n'as pas l'air de te rendre compte de ta chance,

Asterion. Brita est l'innocence et la simplicité personnifiées. Elle est prête à prendre le voile, à une époque où les jeunes gens calquent leur conduite sur toutes les inepties que l'on trouve sur Internet. Et il ne t'aura pas échappé qu'elle est d'une beauté quasi irréelle.

Se serait-il trouvé en présence de qui que ce soit d'autre que sa grand-mère adorée, Asterion n'aurait pas manqué de s'indigner d'entendre présenter Brita comme quelque morceau de viande suspendu dans la vitrine d'une boucherie.

— Ce que je me demande, déclara-t-il, c'est comment tu as remarqué une jeune femme qui vit autant à l'écart du monde.

Dimitra eut un sourire doucereux, peu en accord avec sa personnalité.

— J'ai mes informateurs, dit-elle. Ils sont au courant de mon désir de me voir dotée d'arrière-petits-enfants aussi beaux que sains. Mais peut-être ne te sens-tu pas à la hauteur ?

Depuis longtemps, Asterion savait qu'il lui faudrait, un jour, fournir une descendance à la lignée familiale. Il avait toujours pensé aborder cette question avec la même logique froide qu'il appliquait à tous les événements de sa vie.

Cependant, s'imaginer faire des enfants à Brita Martis lui donnait l'impression que l'atmosphère de la pièce s'était brutalement vidée de tout oxygène.

De plus, la perspective d'être père dans un proche avenir, le plongeait dans un désarroi qu'il n'avait pas l'intention de laisser paraître devant sa grand-mère. Asterion était fermement décidé à ne jamais reproduire les erreurs commises par ses parents.

— Tu peux te dispenser de m'insulter, Yaya ! maugréa-t-il.

Lorsqu'il quitta Dimitra, les embarras de la circulation le long de la côte firent qu'Asterion se retrouva coincé dans sa voiture, pianotant nerveusement sur le volant. Il repensa à la discussion qu'il venait d'avoir avec celle qui était désormais le chef de la famille Teras.

Il comprenait qu'elle force la main à ses deux seuls héritiers pour qu'ils lui assurent une postérité, tant qu'elle était encore de ce monde. Ne pouvait-on lui pardonner d'être aussi impérative, quand elle avait perdu une grande partie de ses proches en l'espace d'une seule nuit ?

Néanmoins, Asterion ne pouvait s'empêcher de trouver la tâche qu'elle lui avait fixée plus... *délicate* qu'il ne l'aurait pensé.

Non pas qu'il lui soit pénible de passer du temps avec Brita. C'était même là le cœur du problème : il ne s'était pas attendu à apprécier autant la jeune femme !

Appuyant sur une touche de son téléphone, il passa un appel à son frère, à Londres. Poseidon répondit sur-le-champ.

— Ce n'est pas vraiment le bon moment, observa-t-il.

— Tu n'avais qu'à ne pas répondre, objecta Asterion. Toi et ta manie de vouloir être sympa avec tout le monde ! Je me suis toujours demandé comment tu te débrouilles pour avoir l'air de prendre invariablement plaisir à la compagnie de tes semblables.

— M'aurais-tu appelé pour que je te donne un cours de séduction ?

— Certainement pas ! Mais récemment, je me suis entendu dire que j'étais connu comme le plus maussade de nous deux. Je me demandais si c'est vraiment l'impression que je donne.

Poseidon éclata de rire.

— Et comment pourrait-il en être autrement quand tu promènes cette figure de carême à la ronde ? s'exclama-t-il. Il faudrait peut-être que tu cesses d'adopter l'attitude d'Atlas portant le monde sur ses épaules.

Cette conversation commençait à agacer sérieusement Asterion. Il n'avait pas pour habitude de se remettre en cause.

Le *syndrome de l'imposteur*, dont on entendait parler un peu partout, lui était totalement étranger.

Il était Asterion Teras, et il méritait amplement tout ce qu'il avait réussi dans sa vie.

— Ce n'est pas parce que je fais preuve d'un certain sérieux, qu'on est obligé de me voir comme...

— L'Ogre de la Méditerranée ? l'interrompit Poseidon en éclatant à nouveau de rire. Tu es particulièrement doué pour afficher cette image ! Tu es bougon, sombre, ténébreux, et des légions de malheureuses te tombent malgré tout dans les bras.

— C'est bien ce que je dis. Quel besoin a-t-on de faire assaut de charme avec les femmes, quand je suis la preuve vivante que c'est inutile ?

— Pour ma part, je préfère le miel au vinaigre, frangin. Tu devrais essayer. Qui sait si tu ne découvriras pas une facette de ta personnalité que tu as complètement ignorée jusqu'ici ?

— C'est un conseil que tu me donnes ?

— Oh ! certainement pas ! Tu es l'aîné de nous deux, d'une longue minute, non ? Je n'ai rien à t'apprendre !

— Je n'aurais pas dû t'appeler !

Asterion avait prononcé cette conclusion péremptoire d'un ton sinistre, et la réaction immédiate de son frère fut un nouvel éclat de rire.

Les échos continuèrent d'en résonner aux oreilles d'Asterion bien après qu'il ait raccroché, tandis qu'il poursuivait sa route parmi les groupes de touristes encombrant les rues des villages du bord de mer. Finalement, il engagea sa voiture sur la route qui serpentait sur les collines, jusqu'à son chemin privé.

Pourquoi fallait-il qu'il se sente aussi étrangement oppressé ? Asterion détestait ce genre de sensations.

En outre, il ne comprenait pas comment, depuis qu'il avait posé les yeux sur Brita Martis, il ne se sentait plus lui-même.

C'était certainement parce qu'il se contraignait à jouer

un rôle qui lui était totalement étranger auprès de la jeune femme. Car il n'était pas dans sa nature de « faire la cour » à qui que ce soit. Ni à une femme, ni à un client. Se vendre n'était pas dans ses habitudes. Sa réputation le précédait, suffisant amplement.

Jamais, jusqu'à ce jour, Asterion ne s'était trouvé en situation de bavarder *au clair de lune*. Pas même en cherchant à séduire. Il sélectionnait soigneusement ses relations féminines en veillant à ce qu'elles aient les mêmes attentes que lui, et les mêmes comportements.

Il ne tenait pas à avoir l'esprit encombré par le souvenir de ses conquêtes à son réveil. Et, dans la mesure où il n'y tenait pas, eh bien, cela ne se produisait jamais. Asterion était suffisamment maître de lui-même pour qu'il en soit ainsi.

C'était une règle à laquelle il se pliait depuis toujours.

Or, voilà que cette Brita Martis l'obsédait. Au point qu'en plein milieu de la journée, alors qu'il ne s'était encore rien passé entre eux, il ne cessait de penser à elle. Quand il avait un empire à faire tourner ! C'était proprement insensé !

Une fois rentré chez lui, il descendit l'escalier en colimaçon conduisant jusqu'à son bureau personnel. Son refuge. S'asseyant à sa table de travail en pierre, construite dans le rocher, Asterion essaya de se concentrer, mais en vain.

Il avait élaboré lui-même les plans de cette maison, y mettant toute son imagination. N'hésitant pas à mettre la main à la pâte, à l'occasion, il s'était créé un cabinet de travail dont un côté s'adossait à la falaise, et l'autre surplombait la mer, se prolongeant par une vaste terrasse d'où l'on pouvait observer le ressac des vagues, en contrebas. C'était de là qu'Asterion aimait à passer ses coups de téléphone.

Habituellement, la seule chose qu'il avait en tête, quand il se trouvait dans ce lieu, c'était son travail.

Or, même en cet instant, l'image de Brita Martis le hantait.

À croire qu'il perdait le nord !

À cause d'elle...

Non, c'était une idée qu'il lui fallait immédiatement chasser de son esprit. Une pensée qui parlait trop dangereusement d'émotions, de passion. Toutes ces choses qu'il avait exclues de sa vie, car il les avait en abomination.

Lorsque Asterion se décida enfin à s'attaquer à la quantité de tâches qui réclamaient son attention, ce fut sans le moindre enthousiasme.

Le soir venu, il quitta son bureau, reprenant en sens inverse l'escalier pour monter jusqu'au niveau où s'étendait le jardin, tout au bord de la falaise.

Un instant, il se demanda s'il allait évacuer la tension qui l'habitait en effectuant quelques longueurs dans la piscine à débordement, puis il y renonça. La seule chose qui aurait permis qu'il se vide l'esprit, était hors de sa portée.

Et à quoi bon appeler l'une ou l'autre de ses conquêtes passées ? Non, c'est *elle* qu'il désirait.

Brita Martis !

C'était un désastre absolu !

Asterion crut qu'il hallucinait lorsqu'il fit demi-tour pour regagner la maison, et découvrit Brita, à la lisière de la forêt. Elle le fixait avec un regard absent. On aurait dit un spectre.

Était-elle le fruit d'une imagination dont il n'avait pas soupçonné être doté jusque-là ? Asterion aurait préféré qu'il en soit ainsi, mais il devait bien se résoudre à admettre la réalité de cette apparition.

Il percevait la présence de la jeune femme dans toutes les parties de son corps : de la plante de ses pieds, à sa soudaine érection, puis aux battements erratiques dans sa poitrine, là où était censé se trouver son cœur.

Cependant, Asterion savait qu'il ne pouvait se laisser aller à exprimer ce désir âpre, puissant, comme il en avait coutume.

Dimitra avait raison : il devait faire l'effort de courtiser la chaste Brita. Car elle était pure et ignorante de ces réalités.

S'approchant d'elle, Asterion ne parvint pas à trouver les mots qui lui permettraient d'apaiser la tension qui l'habitait – de tempérer le désir bouillonnant au tréfonds de son être.

— Asterion..., commença-t-elle lorsqu'il s'avança davantage.

Submergé par une exaltation presque insupportable, qui faisait que rien n'avait d'intérêt à part cette étrange beauté, Asterion fut incapable de se maîtriser.

Un pas de plus, et il fut suffisamment près pour enserrer entre ses mains en coupe le ravissant visage, puis s'emparer des lèvres sensuelles.

Un instant, il marqua une pause pour prendre toute la mesure de ce qui advenait : enfin, il embrassait Brita.

Puis il souda de nouveau ses lèvres aux siennes, se délectant d'en éprouver la chaleur, approfondissant son baiser.

À son grand ravissement, elle le lui rendit.

Soudain, Asterion avait l'impression d'être aspiré dans un courant tellement puissant, tellement irrésistible, qu'il aurait pu trouver l'expérience trop difficile à supporter, si cela n'avait été – en même temps – infiniment délicieux.

Contre sa bouche, celle de Brita s'abandonnait avec la plus parfaite ingénuité. Ses lèvres avaient un goût de plantes aromatiques. Des images envahirent l'esprit d'Asterion : celles de cascades divinement fraîches ; de la douce chaleur des nuits au bord de la Méditerranée...

Jamais il ne s'était autorisé à perdre la tête pour une femme. Son seul intérêt, dans la vie, était son travail. Sauf que la bouche de Brita avait une saveur qui parlait de passion, de destin.

Allait-elle l'entraîner dans cette forme de néant dont il ne parviendrait jamais à s'extraire ? Qui lui deviendrait vite indispensable ? Le genre de bouleversement qui faisait vaciller les grands hommes, s'effondrer les civilisations, basculer la planète sur son axe...

Qui avait entraîné la mort de ses parents !

D'un geste brusque, Asterion repoussa Brita. Pourtant, il ne parvenait pas à s'empêcher d'éprouver, à son égard, une curieuse... *tendresse*. Une douce émotion présente tout autour de lui, venue du tréfonds de son âme.

À croire que la proximité de cette femme faisait de lui une personne nouvelle.

Pendant quelques instants, leurs souffles continuèrent à s'entremêler, dans la fraîcheur de la nuit, sous les arbres montant la garde autour d'eux. Le regard de Brita – dans lequel se fondaient l'or du soleil et l'argent de la lune – se vrillait au sien, l'attirant de plus en plus près.

Miroir aux alouettes...

Ce n'était pas ainsi que les choses devaient se passer. Le projet de sa grand-mère n'impliquait rien de tel. De plus, Asterion ne s'autoriserait jamais ce genre de comportement.

Il avait pour habitude de réfléchir posément avant d'agir. Et il n'était pas homme à perdre les pédales, que ce soit au clair de lune ou ailleurs.

Reculant d'un pas, Asterion constata que cela ne suffisait pas à rompre le charme. Aussi recula-t-il davantage.

Malheureusement, la distance qu'il mettait entre eux ne servait pas à grand-chose.

Comme s'il était déjà... *pris au piège !*

Impossible ! Il avait tourné le dos à tout ce qui était susceptible d'échapper à son contrôle. Tout ce qui évoquait, de près ou de loin, les émotions.

Et cela, depuis le jour où il avait perdu l'essentiel de sa famille, et failli passer de vie à trépas, lui aussi.

Il était hors de question qu'il s'écarte des normes de conduite qu'il s'était fixées alors – ce à quoi il ne s'était jamais aventuré. Tout à coup, la tête lui tournait comme s'il avait bu.

Faisant brusquement volte-face, Asterion retourna sur ses pas, à peine conscient du sol sous ses pieds. Il n'avait qu'une seule idée en tête : mettre autant de distance que possible entre lui-même et cette femme qui n'aurait dû représenter pour lui qu'un exercice pratique.

Un *défi* !

Un jeu, tout au plus.

Ne gagnait-il pas invariablement, quelle que soit la partie qu'il livrait ?

Asterion fut stoppé net, dans ce qui ressemblait clairement à une fuite, lorsque quelque chose vint heurter avec un bruit sourd un arbre, devant lui. Les yeux écarquillés, il vit qu'il s'agissait d'une flèche, vibrant encore dans le tronc où elle s'était fichée. Après avoir pratiquement frôlé sa tête.

Lentement, il pivota sur ses talons et, bien qu'il ne puisse y avoir qu'une seule explication à ce qui venait d'advenir, l'image qu'il découvrit le laissa pantois.

L'arc que Brita portait habituellement à l'épaule, était entre ses mains, et elle s'apprêtait à le tendre à nouveau, après y avoir placé une autre flèche.

— Vous m'avez tiré dessus ! s'exclama-t-il.

Ce n'était pas une question. Plutôt une manifestation d'indignation, pure et simple. Dire qu'il avait encore sur la langue le goût de sa bouche !

— Parce que vous m'aviez... vous m'aviez...

— Embrassée, c'est ça ?

Tendant le bras, Asterion noua les doigts autour de la flèche, sans quitter Brita des yeux, et la combinaison de ces deux choses fit naître en lui une onde de chaleur presque intolérable. Il n'avait jamais éprouvé rien de tel.

Ce ne pouvait être autre chose qu'une bouffée de colère, essaya-t-il de se persuader, sans vraiment y parvenir.

— Mais ce n'est pas *ça*, un baiser ! protesta Brita.

Elle fronçait les sourcils, et Asterion s'étonna que cela ne gâche pas la perfection de son visage. Bien au contraire. Cela la rendait plus humaine : l'admirable statue devenait femme. Un être de chair et de sang. Pas une icône que l'on vénère, à distance, mais une créature humaine, de sexe féminin, dont le corps brûlant ondulerait contre lui, qui l'enserrerait entre ses cuisses, le chevaucherait jusqu'à ce qu'ils explosent ensemble, sans cesser de le retenir dans sa chaude moiteur.

Bon sang ! Ne voilà-t-il pas qu'il était en proie à une érection presque douloureuse ! Il était aussi rigide que la flèche sur laquelle il refermait toujours la main.

L'arrachant du tronc d'arbre, il abaissa son regard sur l'objet. Asterion ne se rappelait pas en avoir jamais contemplé. Même pas dans ses jeux d'enfant, avec son frère.

— J'ai bien l'impression, petite sauvageonne, que ce que l'on dit de vous est la pure vérité. Il semble que personne n'ait jamais posé la main sur vous.

— Ce n'est plus vrai. *Vous*, vous m'avez touchée.

Toute colère s'était évaporée en Asterion, mais pas le désir ardent qui continuait à le tarauder.

— Et alors ? fit-il. Est-ce que mon audace me condamne à subir votre châtiment ? Votre pureté serait-elle à ce point chère à vos yeux ? Comme dans les contes de fées, quand la jeune fille innocente perd la protection sacrée de la lune, lorsqu'elle tombe entre les griffes d'un mâle indigne de son amour...

— N'est-ce pas le sort de toutes les femmes ?

Brita abaissa son arc et fit un pas vers lui. Asterion vit s'assombrir le regard qui le fixait.

— Je ne comprends pas, lâcha-t-elle d'une voix sourde.

J'imaginais qu'un baiser était quelque chose de… délicat, un bref moment, agréable et vite oublié. Mais pas… *ça* !

La clarté de la lune était suffisante pour qu'Asterion se rende compte qu'elle tremblait légèrement. Il en conçut un sentiment de victoire qui le plongea dans la plus grande jubilation.

Ainsi, il n'était pas le seul à être sorti de sa zone de confort !

Fronçant les sourcils avec cette mine farouche à laquelle il commençait à s'accoutumer, Brita s'avança davantage. Fort heureusement, constata Asterion, elle pointait vers le sol la flèche encore sur l'arc.

— Depuis que je vous ai rencontré, reprit-elle, c'est comme si j'étais malade. J'ai des accès de fièvre, des courbatures, des démangeaisons un peu partout… Et c'est encore pire quand vous êtes près de moi.

— Je vois, fit Asterion.

Ce qui était l'absolue vérité.

Tendant une main, il suivit d'un doigt le contour de la lèvre supérieure évoquant la courbe parfaite d'un arc. Comme celui que Brita tenait à la main. Les prunelles d'or et d'argent lancèrent des éclairs, et il vit une rougeur monter du cou jusqu'à la rondeur délicate des joues.

Il aurait pu rassurer Brita : elle n'était pas malade. Et il savait comment soulager ce genre de fièvre.

Pour ce faire, point n'était besoin qu'entre en jeu quelque émotion que ce soit.

Le seul remède était le plaisir.

Pour la première fois depuis sa déstabilisante rencontre avec Brita Martis, Asterion se sentait à nouveau lui-même. Ce que décrivait la jeune femme n'était rien qu'une banale attirance physique, et il savait comment se comporter en pareilles circonstances. Comment agir avec elle.

Que lui-même soit taraudé par un trouble identique, relevait forcément de la même chose !

— Pas de souci, dit-il. Vous n'êtes pas malade, petite sauvageonne.

— Qu'est-ce que j'ai, alors ?

Abaissant son regard vers la flèche sur laquelle il crispait encore les doigts, Asterion s'accorda les quelques secondes nécessaires pour remettre de l'ordre dans le chaos de ses pensées, et le maelström de sensations qui le taraudaient.

La solution s'imposa à lui. À quoi bon perdre son temps à courtiser cette femme, quand il avait à ce point envie d'elle ? Autant qu'elle avait envie de lui, d'ailleurs.

Plus vite tous deux s'abandonneraient à cette attirance, plus vite ils se débarrasseraient du trouble qui les tourmentait, lui comme elle.

Ce serait la seule manière, pour Asterion, de reprendre le contrôle de la situation. Et de s'arranger pour que ce qu'exigeait Dimitra fonctionne à son avantage.

Levant les yeux vers l'or et l'argent des prunelles qui le fixaient, il y vit briller une lueur inquiète. Asterion ne put se retenir de sourire. Un sourire parfaitement sincère, car il n'éprouvait plus le besoin de jouer.

— Rien de grave, répondit-il. Et la seule manière de guérir cette curieuse maladie est on ne peut plus simple.

— C'est quoi ?

— C'est que vous deveniez mon épouse légitime !

6

Malgré elle, Brita laissa échapper un soupir accablé.

Dire qu'elle s'était attendue à ce qu'Asterion Teras formule quelque incantation magique censée la débarrasser de tous ses maux !

Tout ça pour ça !

La même rengaine, éternellement ressassée.

C'était terriblement décevant. Juste au moment où elle commençait à penser que l'intérêt qu'elle éprouvait pour lui était un peu plus excitant qu'une vulgaire *allergie*...

Ne venait-elle pas de s'avouer à elle-même que ce n'était pas dans l'espoir désintéressé de recueillir un animal en détresse, qu'elle avait fait le chemin jusqu'à la villa d'Asterion ?

— Je m'attendais à mieux, déclara Brita après un silence qui finissait par devenir gênant.

L'éclat de rire dont partit Asterion avait quelque chose d'affreusement vexant. Tout d'abord, il était de notoriété publique qu'Asterion Teras ne riait *jamais* – laissant cela à son jovial jumeau. Et puis, ce rire sonore avait instantanément fait courir un irrépressible frisson sous la peau de Brita.

— Voilà qu'encore une fois je vous déçois ! s'exclama Asterion. Est-ce ma proposition qui vous désole à ce point ?

Comme si cette idée suffisait à provoquer son hilarité,

Asterion fut repris d'un fou rire dont les hoquets semblaient pénétrer Brita jusqu'au tréfonds de son être.

— Tout le monde veut m'épouser, répliqua-t-elle sur un ton boudeur. Chaque fois, les prétendants qu'on me propose ont l'air de me faire une extraordinaire faveur. Je devrais, paraît-il, tomber à genoux de ravissement. À la fac, les filles se plaignaient que les garçons fuient le mariage comme la peste, mais ce n'est pas mon impression.

Asterion s'essuya les yeux des larmes qu'y avait mises son accès de gaieté, avant de répliquer :

— Eh bien, cela nous fait un point commun ! Moi aussi, j'ai reçu plus de demandes en mariage que je ne peux les compter.

— Alors, vous savez combien c'est agaçant, j'imagine.

— Néanmoins, c'est la première fois de ma vie que je demande sa main à une femme. Vous feriez mieux d'y réfléchir, Brita. Je peux être la solution à tous vos problèmes.

Cela non plus, ce n'était pas la première fois que Brita l'entendait. Mais jamais dans la bouche d'un homme aussi séduisant qu'Asterion Teras.

Il suffisait à Brita de plonger son regard dans les prunelles bleu sombre d'un ciel éclairé par la lune, pour sentir s'éveiller à nouveau en elle le même trouble.

À croire que sa maladie progressait !

— Je n'ai pas besoin qu'on m'aide à régler mes problèmes, protesta-t-elle avec véhémence. Je me débrouille toute seule.

— Vraiment ?

Le ton dubitatif d'Asterion déconcerta Brita. Aussi insista-t-elle :

— J'exagère à peine en disant qu'on m'a offert le mariage une quantité hallucinante de fois. Habituellement, les hommes affirment qu'ils sont prêts à éponger les dettes de ma famille, et ils réclament ma reconnaissance. Puis, quand je m'acharne à refuser leur proposition, ils deviennent cramoisis et commencent à se montrer désagréables. J'ai vraiment hâte de prononcer mes vœux définitifs !

À son grand soulagement, Asterion ne devint pas écarlate, et lorsqu'il prit la parole ce fut sans la moindre trace de colère. Bien au contraire, ce fut d'une voix douce. *Fervente.*

— Alors, laissez-moi vous poser une question, petite sauvageonne. Pensez-vous que vos futures compagnes monastiques, ont connu le genre de baiser que nous avons échangé, en y répondant comme vous l'avez fait ?

Le cœur de Brita se mit à battre follement dans sa poitrine, mais elle n'osa pas se risquer à répondre, comme elle en avait tant envie, en se jetant dans les bras d'Asterion.

— Je ne sais pas, fit-elle. Je suppose qu'elles ont toutes affronté de multiples tentations pendant leur année probatoire. Certaines peut-être plus grandes que ce dont vous parlez.

À vrai dire, Brita en doutait fort.

Asterion posait sur elle un regard entendu, empreint d'une telle certitude qu'elle aurait normalement dû se mettre en colère, s'indigner contre tant d'arrogance.

Au lieu de cela, Brita sentait le souffle lui manquer, et elle s'interrogea sur la stratégie à adopter : devait-elle laisser percevoir sa difficulté à respirer ou la dissimuler ? L'une comme l'autre de ces attitudes était clairement révélatrice.

— Écoutez, lança Asterion, les yeux brillants, il se trouve que je suis en situation de devoir prendre femme. Et pas n'importe laquelle. C'est vous que je veux, Brita.

— On m'a déjà dit cela, et je ne crois pas que ce soit très flatteur. J'ai toujours l'impression que je pourrais être remplacée par une poupée gonflable.

Si Asterion n'éclata pas de rire une nouvelle fois, Brita vit néanmoins une lueur amusée éclairer le regard bleu nuit.

— La plupart des hommes ont un tempérament de collectionneur, dit-il. Il leur suffit de mettre autant de femmes que possible à leur tableau de chasse. Ce n'est pas mon cas. Pour ma part, tout ce que je collectionne, ce sont les entreprises, et il paraît que j'en possède déjà un nombre suffisant.

— Vous ne manquez pas d'arrogance, en tout cas !

— Qu'y a-t-il d'arrogant à énoncer une simple vérité ? Quoi qu'il en soit, si je souhaite, aujourd'hui, me marier, c'est pour répondre aux desiderata de ma grand-mère. Elle pense qu'il est grand temps que je m'emploie à amender ma réputation d'Ogre de la Méditerranée. D'après elle, prendre femme me rendrait un peu plus... *civilisé*.

— Je crains que cet objectif ne soit pas franchement réalisable, quelle que soit votre future épouse.

— Ma grand-mère est incroyablement têtue. Elle n'acceptera pas que je refuse de prendre pour femme celle qu'elle a choisie pour moi.

Dans le regard qu'Asterion dardait sur elle, il y avait une attente qui fit à nouveau surgir une vague de chaleur en Brita. Encore plus cuisante, cette fois.

— Et c'est *moi*, cette femme ? interrogea-t-elle d'une voix étranglée.

Asterion haussa un sourcil.

— Qui d'autre ? fit-il.

Tout à coup, un soupçon traversa l'esprit de Brita. Elle afficha une moue dont elle espérait qu'elle montre la force de sa détermination à ne pas s'en laisser conter.

— Il n'y a jamais eu de pauvre animal blessé appelant à l'aide en haut de votre falaise, pas vrai ? avança-t-elle.

Le haussement d'épaules qui accueillit sa question se voulait manifestement insolent, cependant elle y décela une pointe de culpabilité. À croire que l'éminent Asterion Teras n'était pas très fier de lui-même.

— Je suis sûr que quelque malheureuse créature s'est un

jour ou l'autre trouvée en situation de pousser des gémissements en pareil endroit, fit-il.

Brita leva les yeux au ciel.

— Je me demande comment vous pouvez imaginer que je suis prête à épouser un menteur patenté, maugréa-t-elle.

Ce qui semblait tout à fait inconcevable à Brita, c'est qu'elle ne soit pas davantage ulcérée par la confirmation qu'Asterion s'était joué d'elle.

Le sourire qu'il se contenta d'afficher fut sa seule réponse, et Brita s'en irrita. Cependant, le pire était que cela lui donne l'impression que c'était *lui*, Asterion, qui exerçait un contrôle étroit sur toutes les sensations qui la traversaient, et non elle-même.

Comme si de rien n'était, Asterion déclara :

— Je pourrais me lancer dans un éloge exhaustif de vos attributs, mais j'imagine que vous l'avez entendu maintes fois. Dites-moi plutôt, est-ce qu'aucun de vos soupirants vous a jamais embrassée ?

Brita se cabra.

— Certainement pas !

— Et auriez-vous aimé que l'un ou l'autre d'entre eux s'y hasarde ?

— Jamais de la vie !

Prenant conscience qu'elle devait être devenue écarlate, Brita inspira profondément avant d'ajouter :

— Il suffit que tous les hommes cherchent à me peloter, les uns comme les autres ! C'est la raison pour laquelle j'ai appris à me protéger. Mon arc et mes flèches ne sont pas mes seuls instruments de défense.

— J'espère bien, rétorqua Asterion.

D'un geste nonchalant, il tendit un bras vers elle pour caresser du dos de la main l'une de ses joues, puis l'autre, et

Brita se demanda s'il avait lu une forme d'autorisation dans son regard.

— Vous êtes une aventurière, Brita, enchaîna-t-il. Vous préférez dormir à la belle étoile que dans un lit, aussi confortable soit-il. Et vous semblez avoir un loup apprivoisé pour meilleur ami.

Brita fronça les sourcils. Lors de leur précédente rencontre, Asterion n'avait-il pas semblé croire qu'Héraclès était un chien ? Elle fut dispensée de poser la question en voyant briller dans les prunelles bleu sombre le genre de lueur amusée montrant qu'il n'était pas dupe, lui-même. Et, déjà, il reprenait :

— Je peux vous proposer de vivre avec moi des aventures que personne d'autre ne vous offrira, petite sauvageonne.

Brita haussa une épaule.

— Je ne sais pas de quoi vous parlez, fit-elle.

Ou plutôt, ce dont elle ne savait que faire, c'était cette onde de chaleur qui courait sous sa peau – dont Asterion semblait parfaitement conscient.

De nouveau, il lui caressa la joue puis s'enhardit à glisser la main sur sa nuque, et l'y referma pour l'attirer à lui.

Pour rien au monde, Brita n'aurait cherché à échapper à son emprise. Elle mourait d'envie de savoir ce qu'Asterion allait faire ensuite. Lorsqu'il reprit la parole, ce fut d'une voix sourde, pénétrée :

— Le baiser que nous avons échangé n'avait rien d'ordinaire, petite sauvageonne. Mais pour aussi fabuleux qu'il ait été, ce ne peut être qu'un prélude à d'autres choses. Il y a tant de mondes à découvrir ! Toutes ces choses qu'un homme et une femme peuvent explorer ensemble dans l'univers du plaisir. Tant d'horizons à parcourir. Si tu y es prête.

Ce fut dans un murmure à peine audible que Brita protesta :

— Je suis sur le point de prendre le voile...

— Crois-tu vraiment que ce soit une bonne idée ?

Le regard qu'Asterion plantait dans le sien pétillait à nouveau de malice quand son expression demeurait des plus sévères. Brita eut l'impression qu'il brûlait du même feu que celui qui la dévorait.

— Si ce mariage ne te convient pas, reprit-il en continuant à la tutoyer, rien n'empêchera que tu retournes à tes prières et ta solitude.

La grande main posée sur sa nuque dégageait une chaleur délicieuse. Devait-elle croire qu'Asterion représentait la tentation qu'elle avait en vain attendue tout au long de cette année ? se demanda Brita. Jusqu'à ce jour, elle n'avait pas bien compris à quoi pouvaient servir les longs mois loin du monastère. Sinon à retrouver la liberté de son enfance...

Sauf que le contact des doigts d'Asterion Teras sur sa peau allumait en elle un feu qui risquait de se transformer en un brasier incontrôlable d'un instant à l'autre.

C'était certainement là le péché susceptible de mettre à l'épreuve sa résolution.

Le baiser qu'Asterion lui avait donné, avait marqué Brita comme au fer rouge. Elle avait l'impression qu'en y répondant, elle avait été parcourue d'un courant électrique plus puissant que tout ce qui se pouvait imaginer. Qu'elle avait enfin pris vie, elle qui se sentait déjà tellement vivante.

À croire qu'elle avait toujours vécu dans un monde où dominait le gris, et qu'elle découvrait ce qu'était un matin où le soleil ardent montait dans un ciel d'azur.

Quand bien même elle était excédée d'entendre louer une beauté qui ne lui avait attiré que des ennuis, Brita aimait les sensations que lui offrait son corps. Elle appréciait la force de ses bras, l'agilité de ses jambes, la façon dont ses hanches se balançaient quand elle courait dans les bois.

Pourtant, ce soir, revivant par la pensée les émotions que lui avait données la bouche d'Asterion, éprouvant la pression de ses doigts sur son cou, c'était comme si elle découvrait son corps pour la première fois. Et elle en voulait davantage !

Elle était avide de ces perceptions inconnues d'elle, de ce feu qui l'embrasait tout entière.

Le mariage pouvait-il offrir tant de félicité ?

On lui avait toujours présenté l'union entre un homme et une femme comme un sacrifice, un devoir à accomplir, des choses désagréables qu'il faudrait supporter pour le bien d'autrui. Rien qui puisse l'attirer !

Mais ce baiser lui ouvrait des horizons nouveaux.

De plus, si elle consentait à épouser Asterion, cela enchanterait sa famille. Ils lui ficheraient enfin la paix, sans qu'elle ait besoin d'aller s'enfermer entre les murs d'un couvent...

Si Brita s'y était résignée, c'était faute de mieux. Certes, elle avait été heureuse au cours des trois années où elle y avait vécu. Mais elle était impatiente de prendre toute la mesure des nouveaux univers qu'Asterion lui promettait.

Et puis, cet homme était tellement différent de tous ceux qu'on lui avait présentés ! Aucun de ceux-là ne l'avait fait vibrer comme lui. Au point qu'elle n'était pratiquement pas parvenue à fermer l'œil depuis le jour où elle l'avait rencontré.

Peut-être suffirait-il qu'elle devienne sa femme pour retrouver le sommeil ? On se lassait de tout, même de dormir sous la plus magnifique voûte étoilée. Qui sait s'il n'en serait pas ainsi avec Asterion ?

— Si j'accepte de t'épouser, commença-t-elle, est-ce que tu m'embrasseras encore ?

La lueur gourmande qui s'alluma au fond des prunelles bleu sombre était difficilement compréhensible à Brita, mais elle fit venir une chaude moiteur au confluent de ses cuisses.

— Si tu le souhaites, répondit Asterion.

— Mon père et ma belle-mère, ainsi que ceux de mes cousins qui sont déjà mariés, ne cessent pas de parler de sexe.

De *faire l'amour*, comme ils disent... La plupart du temps pour se plaindre que cela ne leur arrive pas assez souvent. Mais je ne les vois jamais s'embrasser. Est-ce normal ?

Ses propos suscitèrent, encore une fois, un accès de gaieté de la part d'Asterion, au point que le tremblement dont il était agité se communiqua à Brita.

— Je ne me suis jamais marié, ma sauvageonne, finit-il par lâcher entre deux hoquets. Mais je peux te promettre que si tu acceptes de devenir ma femme, je t'embrasserai aussi souvent que tu le voudras. Tout comme je promets de te faire l'amour tant que tu en auras le désir.

Brita fronça les sourcils.

— Pourquoi serait-ce à moi d'en décider ? questionna-t-elle.

À ces mots, elle vit se transformer l'expression d'Asterion. Il y avait sur son visage quelque chose de particulièrement... *intense*. Comme s'il en avait écarté quelque masque qu'il se serait contraint à porter...

— Parce que je suis un homme aux appétits incommensurables, petite sauvageonne, répondit-il. Et que j'accorde le plus grand sérieux à tout ce qui concerne le plaisir. Pour la plupart des femmes, une nuit avec moi est plus qu'elles ne peuvent accepter. Ne t'es-tu jamais demandé d'où me vient mon surnom ?

— Je n'en sais rien, mais je le trouve ridicule.

— On m'appelle ainsi parce que j'ai pour habitude de dévorer mes conquêtes toutes crues. Je suis un ogre, ma sauvageonne. Ne l'oublie pas.

Asterion avait prononcé ces paroles énigmatiques d'une voix sourde, avec une gravité donnant l'impression qu'il cherchait à ce que chaque mot se grave dans l'esprit et le corps de Brita.

Comme s'il prononçait quelque formule d'envoûtement.

Elle en fut tout électrisée.

Un incendie s'alluma en elle, la ravageant tout entière.

Quelque chose qu'elle n'avait jamais connu et qui la plongeait dans un ravissement tel qu'elle avait l'impression de s'élever au plus haut des cieux – au-dessus des arbres, des collines, de son île – pour exploser en une myriade d'étincelles.

Désormais, elle était certaine que le monde recelait bien plus de trésors qu'elle ne l'avait jamais imaginé. En posant ses mains sur elle, cet homme lui ouvrirait une multitude d'univers inconnus. Ne le lui avait-il pas promis ?

Si Brita avait, autrefois, souhaité éprouver cette vocation dont parlaient les sœurs, elle se félicitait aujourd'hui de ne jamais avoir entendu cet appel.

— D'accord, fit-elle d'un air détaché, je veux bien t'épouser. Mais est-ce que tu es sûr de le vouloir aussi ?

— Je ne suis pas du genre à parler en l'air, Brita. Sache-le bien. Je t'ai dit que c'est ce que je souhaite, et je ne vois pas pourquoi j'aurais changé d'avis.

Les doigts d'Asterion se déplacèrent sur le cou de Brita, faisant monter en elle une nouvelle vague de sensations divines. Elle dut faire un effort pour se concentrer.

— Je veux bien te croire, répliqua-t-elle, mais tu n'as pas rencontré ma famille. Mon père va chercher à te saigner à blanc. Il ne cessera jamais de te réclamer argent et faveurs de toutes sortes. Quant à sa femme, elle est encore pire ! Et je ne parle pas de mes cousins. Ce sont tous de véritables sangsues.

Asterion avait haussé un sourcil, mais il n'eut pas le mouvement de recul auquel Brita s'attendait. Elle lui accorda quelques secondes de réflexion, avant d'ajouter :

— Ta grand-mère ne doit pas te vouloir beaucoup de bien, si elle t'a envoyé à moi.

— Ma grand-mère m'adore. Mon frère ne veut pas l'admettre, mais je suis son préféré.

Tant d'inébranlable confiance en lui-même amusa Brita.

— Eh bien, fit-elle, si ma famille ne te fait pas changer d'avis, j'aurai une condition à poser.

Le rire qui accueillit cette demande, réjouit Brita. Décidément, elle aimait entendre Asterion se laisser aller à ces accès d'hilarité.

Au fond, cet homme réputé impitoyable n'était pas très différent de toutes les créatures auxquelles elle se consacrait : en apparence féroces, mais incroyablement sensibles quand on les approchait.

Ce qu'Asterion ne laissait percevoir à personne.

— Je t'en prie, répliqua-t-il d'une voix où résonnaient encore des échos rieurs, énonce tes conditions.

— Comme je te l'ai déjà dit, les sœurs étaient d'accord pour m'aider à créer un genre de refuge pour animaux. Même si je t'épouse, je tiens à mener à bien ce projet.

— Les propriétés de ma famille, sur cette île, sont aussi vastes que celles de la Couronne. Il ne sera pas difficile de trouver un endroit où tu pourras agir à ta guise.

— Les sœurs m'avaient donné un accord de principe, et priaient pour la réalisation de ce que j'ambitionnais. Avec toi, je préfère mettre les choses par écrit.

— C'est ce que j'aime chez toi. Ta spontanéité ne cesse de me surprendre.

Asterion avait dit cela d'une voix bougonne, et Brita se demanda s'il était sincère en affirmant apprécier son franc-parler.

— En tout cas, répliqua-t-elle, je suis heureuse que ma flèche ne t'ait pas transpercé. Cela aurait été ennuyeux…

Sur cet aveu, Asterion se rapprocha de Brita. Dans l'air qui les entourait, la tension était palpable.

— Si tu as envie que je t'embrasse, Brita, dit-il, n'hésite pas à me le demander. Maintenant que nous allons nous marier…

Tout ce que Brita fut capable de faire, fut de répondre par un hochement de tête. Sans un mot.

Cela suffit à décider Asterion à l'attirer contre lui. Avec une douceur qu'il n'y avait pas mise lors de leur premier baiser. Tendrement, il lui fit incliner la tête en arrière et souda sa bouche à la sienne qu'elle tendait déjà.

Ce fut une découverte qui étonna Brita autant qu'elle la ravit : ainsi deux mêmes personnes pouvaient s'embrasser de façon aussi différente ! Comment était-il possible que deux baisers successifs soient aussi dissemblables ?

Nouant les bras au cou d'Asterion, Brita se plaqua à lui pour répondre au besoin qu'elle sentait vibrer dans chaque parcelle de son corps. D'une main glissée dans ses cheveux, il la retint aussi étroitement qu'il le pouvait, tandis que son autre main allait et venait le long de son épine dorsale, y faisant naître des sensations divines.

C'était comme si ce baiser ne devait jamais finir, et Brita avait, à la fois, le sentiment d'être projetée haut dans le ciel – comme quelques instants auparavant –, tout en étant ancrée dans la réalité d'un monde qui se limitait aux lèvres d'Asterion, à sa langue, à ses dents.

Plus rien n'existait, pour Brita, que la sensation délicieuse de sa poitrine écrasée contre le buste d'airain, et son désir de donner à Asterion autant de plaisir qu'elle en ressentait elle-même. Elle aurait voulu que dure à tout jamais cette sensation merveilleusement lancinante qui la taraudait.

Hélas, déjà Asterion s'écartait, et elle lut sur son visage quelque chose qui l'interpella car elle n'y avait rien vu de tel jusque-là.

— Allons, fit-il d'une voix rauque, nous avons une noce à organiser. Tout d'abord, je vais faire ce qu'il faut pour apaiser la cupidité de ta famille. Et puis, surtout, tu devras être présentée à ma grand-mère. Et crois-moi, ce sera pour une inspection qui n'aura pas toi seule pour objet, mais nous deux.

— Tu veux dire qu'elle cherchera à s'assurer que nous ne

jouons pas la comédie ? Je la comprends. Elle a raison, et je l'en estime déjà.

Brita eut le souffle coupé lorsque Asterion noua ses doigts aux siens pour l'entraîner à sa suite. Jusqu'à ce jour, c'était une attitude qu'elle avait toujours trouvée un peu ridicule. Mais, soudain, elle en comprenait tout le sens, car le contact des longs doigts rallumait en elle le brasier du désir. Le moindre frottement de leurs deux épidermes la plongeait dans un ravissement qui faisait courir de délicieux frémissements de la plante de ses pieds à la racine de ses cheveux.

Il en fut ainsi jusqu'au moment où celui qu'elle devait dorénavant considérer comme son « fiancé » la quitta pour qu'elle regagne son campement.

Au petit matin, lorsque Brita s'éveilla en souriant, tout son corps était parcouru d'une fébrilité impatiente. Elle se rappela ce qu'elle avait lu sur le visage d'Asterion lorsqu'il l'avait embrassée, la veille.

Lors de leur premier baiser, il était resté clairement abasourdi. Presque bouleversé. Mais la deuxième fois, il avait affiché l'expression satisfaite de l'homme qui se sait maître de lui et de la situation.

Au tréfonds d'elle-même, Brita était certaine que le *vrai* Asterion était celui qu'il avait révélé la première fois.

L'homme qui tenait tant à afficher son empire sur les événements ne faisait, en vérité, que chercher à se défendre.

Ce serait à elle de faire tomber les murailles qu'il érigeait autour de lui, si elle l'osait.

Accueillant l'aube azurée avec un grand sourire, Brita songea que cela ne lui faisait pas peur.

7

Au matin de la noce, le jour se leva comme si Asterion avait spécifiquement ordonné aux dieux que tout soit baigné de la plus radieuse lumière, pour célébrer sa réussite là où sa grand-mère avait tant douté de lui : en dépit de sa réputation, il épousait une femme à la vertu sans tache.

L'Ogre passait la bague au doigt à la plus chaste innocente !

À partir du jour où Asterion avait annoncé ses fiançailles, tous ceux qui étaient à son service s'étaient démenés comme de beaux diables pour préparer le mariage en un temps record. Jusqu'à forcer la main à l'évêque pour qu'il accepte de raccourcir les délais habituels.

Asterion avait fait sa demande en mariage une semaine exactement après avoir embrassé Brita au clair de lune, pour la deuxième fois.

Il s'était présenté à la porte des Martis à la première heure, et on l'avait introduit dans ce qui avait dû être, autrefois, un élégant salon de réception. Il ne restait plus que quelques vestiges de ce lustre passé. Même les rayons du soleil, pénétrant par les hautes fenêtres poussiéreuses, ne réussissaient pas à égayer le lieu.

L'apparence des différents membres de la famille – qui avaient fini par se décider à le rencontrer après l'avoir fait attendre un temps considérable –, ne l'avait guère surpris.

Se souvenant des éclats de voix qu'il avait entendus depuis l'extérieur de la maison, ce premier soir où il était venu à la recherche de Brita, Asterion n'avait pu que constater qu'ils correspondaient parfaitement à l'image qu'il s'en était faite.

Ils étaient sept, au total : Vasilis Martis, accompagné d'une femme prétentieuse qui devait être son épouse ; la cousine disgracieuse que Brita lui avait décrite ; et deux jeunes hommes fort peu accueillants, flanqués de compagnes à l'air poseur.

Asterion les avaient tous pris en grippe au premier abord.

— Nous n'avons guère l'habitude d'être dérangés de si bonne heure, avait protesté aigrement la belle-mère.

— Pardonnez-moi cette intrusion matinale, avait répliqué Asterion d'un ton sans appel, mais je viens vous apporter d'heureuses nouvelles. Votre fille, monsieur, a accepté de faire de moi l'homme le plus heureux de la terre. Ainsi, moi, Asterion Teras, j'aspire à prendre Brita Martis pour épouse, unissant de la sorte nos deux familles.

Inclinant la tête, il avait conclu :

— Acceptez mes félicitations, Vasilis Martis.

Ce qui ne tenait pas vraiment lieu d'une demande en mariage en bonne et due forme, Asterion se devait de l'admettre.

Pendant quelques secondes tout son auditoire s'était regardé d'un air ébahi. Puis, l'étonnement avait fait place sur les visages à une motivation bien plus puissante.

La cupidité !

Le père de Brita s'était avancé avec une mine sournoise pour déclarer :

— Ma fille hérite de ce que nous avons de plus cher : *notre nom*. Je ne saurais céder à la demande d'un parfait inconnu, faisant irruption chez nous sans y avoir été invité. Vous vous doutez bien, cher monsieur, que vous n'êtes pas le seul à prétendre obtenir sa main.

Dans son regard brillaient ses rêves de richesse retrouvée.

Asterion ne s'était pas gêné pour préciser froidement :

— La différence, *cher monsieur*, c'est qu'elle est prête à m'épouser *moi*, et pas un autre.

Cela avait suffi à leur clouer le bec. Nul n'avait exigé que Brita, en personne, vienne leur donner confirmation de la chose, montrant par là même qu'ils savaient tous parfaitement à qui ils avaient affaire en la personne d'Asterion Teras.

« Crois-moi, l'avait assuré Brita en riant, tout ce qui comptera pour eux, c'est que tu sois... celui que tu es. »

Lorsque son futur beau-père avait commencé à parler chiffres, Asterion s'était réjoui que cela lui remette en tête une vérité qu'il ne devrait pas oublier : il allait simplement signer un contrat, pareil à tous ceux sur lesquels il apposait sa signature dans sa vie d'homme d'affaires.

Au fond, ce mariage ne serait rien d'autre, et il saurait en maîtriser les répercussions comme dans tout ce qui avait trait à son univers professionnel.

Pourtant, Asterion ne pouvait s'empêcher d'être taraudé par une étrange impression. Il était curieusement... *troublé*.

Ce fut seulement lorsque les nauséabondes transactions avec la famille Martis eurent été menées à bien – et les contrats signés – qu'Asterion se décida à présenter Brita à sa grand-mère.

Dans un premier temps, il avait pensé convaincre sa ravissante future épouse de se vêtir avec toute la recherche convenant à Dimitra. Il y avait renoncé. Après tout, n'était-ce pas *elle*, son aïeule, qui avait porté son choix sur la jeune femme ? Elle pouvait donc rencontrer la véritable Brita, dans toute sa gloire.

Plus tard, avait pensé Asterion, il lui incomberait d'apprendre à celle qui serait devenue sa compagne légitime comment respecter les codes vestimentaires de leur caste.

Pour ajouter tout le lustre de sa beauté au nom de Teras.

À peine les deux femmes s'étaient-elles rencontrées que

Brita – sans même prendre la peine de se poser sur l'un des canapés baroques affectionnés par Dimitra – avait questionné :

— Pourquoi m'avoir sélectionnée, *moi*, comme future épouse pour votre petit-fils ? Je n'aurais jamais imaginé être du goût d'une personne telle que vous.

— Je n'aurais pu mieux choisir, avait gloussé la vieille dame. D'ailleurs, je craignais que vous ayez la sagesse de refuser sa proposition.

— Il est encore temps, avait murmuré Brita.

Tout compte fait, s'était dit Asterion, il n'était pas vraiment étonnant que sa grand-mère soit séduite par celle qu'il désignait maintenant invariablement dans son esprit par l'expression *petite sauvageonne*. Même si celle-ci était à mille lieues des candidates au mariage que Dimitra lui avait présentées jusque-là.

Il était clair que la vieille dame trouvait une ressemblance certaine entre elles deux. D'ailleurs, par la suite, elle ne s'était pas privée de le dire – ce qui était le plus grand compliment qu'elle pouvait adresser à Brita.

Lorsque toutes ces rencontres décisives furent achevées, le moment arriva enfin d'annoncer les fiançailles.

« Tu ferais mieux de te dépêcher de lui mettre un fil à la patte, avait dit Dimitra, avant qu'elle ne recouvre la raison. »

Ce qu'elle ignorait, c'est qu'Asterion disposait d'une arme secrète : Brita serait prête à n'importe quoi pourvu qu'il lui promette de l'embrasser.

Il n'avait plus aucun doute sur sa propre capacité à contrôler une situation dont il fixait lui-même le rythme de progression.

Brita était totalement innocente, ce qu'il n'était pas. Pour sa part, il ne s'inquiétait nullement d'un risque éventuel de se perdre dans cette relation.

Ce premier moment de *folie* au clair de lune était, bel et bien, derrière lui.

La sensation momentanée de malaise qui l'avait tourmenté n'était plus qu'un lointain souvenir. Rien de plus.

Lorsque Asterion demanda à sa future épouse quelle ville elle souhaitait visiter – lors du voyage au cours duquel il prévoyait d'annoncer publiquement leurs fiançailles –, elle l'étonna en lui répondant qu'elle avait toujours rêvé de Paris.

Certes, elle avait aussi mentionné les innombrables sommets, glaciers, déserts, contrées sauvages qu'elle se promettait d'explorer un jour ou l'autre. Autant de lieux qu'Asterion ne demanderait pas mieux que de parcourir avec elle, ne serait-ce que pour le plaisir de partager l'enthousiasme avec lequel Brita s'ouvrait à toutes les découvertes.

Pour un peu, il en serait venu à se demander s'il n'était pas légèrement amoureux de la Diane chasseresse qui allait devenir sa femme. N'importe quel homme normalement constitué aurait eu du mal à ne pas l'être.

Mais Asterion n'était pas « n'importe quel homme ».

S'il avait incité Brita à choisir une capitale comme lieu de leur séjour, c'est parce qu'il savait y trouver le retentissement nécessaire à l'annonce de son futur mariage.

Sauf que ce à quoi il ne s'était pas attendu, c'était à entendre Brita exprimer autant d'exigences concernant les musées ou monuments qu'elle tenait absolument à visiter.

C'était avec mille réticences qu'elle avait daigné l'accompagner dans les salons d'un grand couturier où Asterion était déterminé à l'habiller. Lorsqu'il lui avait annoncé cette partie de leur programme, dans son jet privé les conduisant à Paris, Brita avait fait la grimace.

— Je suis tout à fait capable de trouver mes vêtements toute seule, avait-elle rechigné.

Asterion avait répliqué d'un ton léger :

— Peut-être, mais je ne vois pas quel intérêt j'aurais à

convoler en justes noces, si je ne peux pas habiller ma femme selon mes goûts.

Cela lui avait valu un coup d'œil assassin.

— On dirait que tu parles d'une poupée gonflable, avait sifflé Brita entre ses dents.

— Non, plutôt de celle à laquelle j'enlèverai avec délectation chacun des vêtements que j'aurai acheté pour elle.

La rougeur que cette remarque avait fait monter aux joues de Brita avait ravi Asterion.

Le dernier soir de leur séjour parisien, Asterion convia Brita à dîner dans un restaurant où seule sa notoriété lui permettait d'obtenir une table au dernier moment. Ce lui fut un ravissement de tous les instants de la voir expérimenter des saveurs inattendues, découvrir des plaisirs gastronomiques, apprendre des voluptés gustatives insoupçonnées d'elle.

Il résolut de s'employer à lui faire connaître tout ce dont il pourrait lui offrir la primeur. Pour la simple satisfaction de l'observer tandis qu'elle se plongerait dans des expériences nouvelles avec l'enthousiasme dont elle était coutumière.

Asterion se réjouissait déjà d'être celui qui contemplerait son regard extasié devant toutes les choses susceptibles de la charmer ou juste la surprendre.

Qu'il éprouve ce genre d'aspirations aurait pu l'inquiéter, si Asterion n'était pas certain de garder le contrôle de la situation. N'était-il pas Asterion Teras, un homme au-dessus de pareilles contingences ? Et peu importait le trouble qu'il ressentait à se trouver dans un restaurant parisien en compagnie d'une femme dont lui seul savait qu'elle était une sorte de créature mythique – vierge de surcroît – dont un seul regard pouvait faire perdre la tête à ses proies.

Ils étaient sortis du restaurant sous les flashs crépitants des appareils photo brandis par une nuée de paparazzis dont

Asterion ne doutait pas qu'ils avaient repéré la bague qu'il avait passée au doigt de Brita pas plus tard que pendant le repas.

C'était un diamant d'un éclat à couper le souffle, monté comme une véritable œuvre d'art, et dont la pureté évoquait la clarté des ruisseaux courant dans les collines que Brita affectionnait tant, ou celle de la lune sous laquelle ils s'étaient embrassés.

— C'est un peu trop, non ? avait soufflé Brita en tournant sa main de côté et d'autre.

— Tout comme je le suis moi-même, avait rétorqué Asterion avec un clin d'œil. Et tu n'as pas encore tout vu, ma sauvageonne...

Malgré lui – et bien qu'il ait du mal à l'admettre –, il avait respiré plus librement lorsqu'elle avait levé vers lui un sourire radieux.

La nouvelle qu'Asterion Teras s'était fiancé à une mystérieuse jeune femme, dans le décor romantique de la Ville Lumière, fit la une de tous les journaux avant même que leur avion n'ait touché le sol de l'île, ce même soir.

Les jours qui suivirent furent un véritable tourbillon. Les promis n'eurent aucunement le temps de s'éclipser pour des virées nocturnes dans les bois. Une pratique chère à Brita, à laquelle Asterion entendait mettre bon ordre, d'ailleurs !

Une fois qu'ils seraient mariés, il expliquerait fermement à sa jeune épouse que pareilles excentricités lui étaient interdites. Ne serait-ce qu'en raison des problèmes de sécurité qu'elles entraînaient.

Enfin, le jour des noces était arrivé !

Poseidon avait consenti à quitter momentanément son refuge londonien ; l'évêque avait donné son autorisation pour qu'un autel soit dressé en haut de la falaise, au-dessus de la villa d'Asterion ; et Dimitra avait envoyé des invitations à toutes ses connaissances – en plus de la quantité de contacts d'Asterion lui-même.

Au bout du compte, l'événement était aussi mondain que se devait de l'être un hymen contracté par un rejeton de la famille Teras.

Même les membres du clan Martis semblaient disposés à renoncer à tout esclandre, ce mariage étant la plus grandiose cérémonie à laquelle aucun d'entre eux ait jamais assisté.

Dimitra, égale à elle-même, avait choisi de les ignorer.

Finalement, Asterion était debout à l'extrémité de l'allée centrale, entre les rangées d'invités, dont il s'était assuré qu'elle offrirait une vue imprenable sur les flots d'un bleu céruléen s'étendant au pied de la falaise. Nombreuses étaient les personnes de l'assistance affichant une mine émerveillée.

Le spectacle qui émerveillait Asterion plus que tout autre, c'était celui qu'offrait Brita, s'avançant au bras de son père.

À Paris, elle avait arrêté son choix sur le modèle de robe de mariée le plus simple parmi ceux qui lui avaient été présentés.

Sur une autre qu'elle, le fourreau blanc au tombé fluide aurait pu paraître terne. Excessivement strict. Mais Brita était suffisamment belle – trop, même, pour la tranquillité d'esprit d'Asterion – pour ne pas avoir besoin d'ornements supplémentaires. Cheveux lâchés, elle portait une couronne de fleurs des champs, probablement conçue pour rappeler à tous qu'il ne fallait pas la croire définitivement apprivoisée – en tous les cas, pas davantage qu'elle-même ne l'avait décidé.

Asterion ne pouvait méconnaître le message.

Sauf que, pour l'instant, tout ce qui comptait pour lui était le regard qu'elle rivait au sien. Et la façon dont elle glissa ses mains dans les siennes.

Plus rien n'exista, dans l'esprit d'Asterion, que la promesse qu'il lisait dans les yeux de Brita, et le son de sa voix répétant le serment ancestral qui l'unissait à lui.

Lorsque le prêtre l'autorisa, enfin, à embrasser la mariée, Asterion eut l'impression que le seul contact des lèvres sensuelles suffisait à avoir raison de lui – une chose qu'il ne pouvait en aucun cas se permettre.

— Nous voilà mariés, déclara Brita d'une voix solennelle en descendant l'allée à ses côtés.

— Incontestablement.

Ce qu'Asterion n'aurait su expliquer, c'est pourquoi il avait l'impression qu'un orage rugissait en lui.

La réception fut somptueuse. Néanmoins Asterion en perçut tout le déroulement – le repas, les discours, les félicitations – comme une sorte de répit qui lui était accordé.

Sa seule préoccupation était ce qui allait advenir ensuite.

Lorsqu'il fut à bout de patience, il arracha Brita aux gens qui se pressaient autour d'elle – soucieux de se concilier les bonnes grâces de l'épouse de l'un des frères Teras – pour la conduire jusqu'à la piste de danse.

Entraîner sa jeune épouse dans une valse était le moins qu'il puisse faire pour patienter jusqu'au moment où ils s'échapperaient tous les deux – encore plusieurs heures à tenir.

Brita ondulait entre ses bras, féline et bien trop ravissante, la tête rejetée en arrière pour le dévisager. Pour une fois dans sa vie, Asterion n'avait pas la moindre idée de ce qui se lisait sur son propre visage.

— Cela va durer encore longtemps ? questionna-t-elle.

Ces quelques mots suffirent à Asterion pour sentir se relâcher toute sa tension. Brita lui rendait les choses plus faciles, en lui permettant de feindre de s'indigner contre l'impatience qu'*elle* manifestait.

— Tu n'y penses pas, Brita ! fit-il. Tous ces gens sont là pour partager notre bonheur.

— Dis plutôt qu'ils sont là pour faire des courbettes à l'un des hommes les plus fortunés de la planète. Et reluquer la curieuse créature des bois qu'il a prise pour femme.

C'est avec sa désinvolture coutumière que Brita avait proféré ces remarques, faisant courir un vent frais sur la piste de danse - un soulagement après tous ces discours ampoulés qui leur avaient été assénés tout au long de la soirée.

— Tu te rends bien compte qu'ils essaient, par la même occasion, de s'insinuer dans tes bonnes grâces, non ? fit-il.

— C'est peine perdue, répondit Brita. Je ne suis pas du genre à me laisser corrompre, et...

S'interrompant, elle leva sur Asterion un sourire ravageur.

— Et ils ne se rendent pas compte, reprit-elle, que je n'ai qu'une chose en tête. Toi seul sais ce qu'il en est...

Un instant, Asterion se demanda si Brita faisait référence à ce refuge pour animaux sauvages qu'il s'était engagé à créer pour elle, signant même une convention écrite comme elle le lui avait demandé - en se promettant bien de lui signifier que personne, à ce jour, n'avait osé mettre en doute sa parole.

Mais il lui suffit de percevoir la lueur qui incendiait le regard planté dans le sien, pour comprendre que la faune de l'île n'entrait pas dans les préoccupations de Brita en pareil moment.

Asterion s'efforça de dissimuler l'effet que cette révélation avait sur lui.

— Sois patiente, ma sauvageonne, lui souffla-t-il à l'oreille tout en continuant à tanguer avec elle, dans une parfaite harmonie. J'ai bien l'intention de laisser mes lèvres parcourir tout ton corps. Jusqu'à te faire gémir...

La valse se terminait, et Brita souda brièvement sa bouche à celle d'Asterion, lui infligeant une morsure à peine perceptible.

— Eh bien, tu as de quoi t'occuper..., déclara son frère d'une voix nonchalante lorsqu'il le retrouva au bar.

Poseidon était entouré d'un régiment de jeunes beautés qui

s'éparpillèrent comme un vol de papillons dès qu'elles virent approcher l'homme à la réputation sulfureuse qu'était Asterion.

Il s'était imaginé que son mariage changerait tout cela, mais il semblait qu'il n'en fût rien.

— Je pense que je devrais m'en débrouiller..., répondit Asterion avec la mimique de celui qui se sait l'aîné, fût-ce de quelques minutes.

— Est-ce que c'est vrai, ce qu'on dit ? interrogea Poseidon. Qu'elle parcourt les collines, armée d'un arc et de flèches ?

Asterion eut un sourire entendu.

— Pas ce soir, en tout cas, fit-il.

La brillante réception était interminable, se désola-t-il en son for intérieur. Il se sentait prisonnier d'un monde inconnu où il lui était interdit de toucher sa femme comme il l'aurait voulu. Comme il ne cessait de s'imaginer le faire. Jamais Asterion n'avait rien éprouvé de tel.

Mais jamais, non plus, il ne s'était interdit quelque chose qu'il désirait tant.

— Ainsi, tu pensais que je n'y arriverais pas, dit-il à sa grand-mère en la faisant virevolter sur la piste.

Dans n'importe quelle famille, le spectacle qu'ils offraient, tous les deux, aurait eu quelque chose d'émouvant. Sauf qu'Asterion et Dimitra étaient les derniers représentants de la dynastie Teras. Qu'ils dansent ensemble sous les yeux de tant de gens, n'était rien d'autre qu'une démonstration de leur pouvoir. L'affirmation que la lignée continuerait, comme le voulait la vieille dame.

— Est-ce que tu as pris le temps de lui faire la cour ? questionna-t-elle.

Elle avait dit cela sur un ton empreint d'une sagesse d'oracle, et Asterion s'en agaça intérieurement. Sa grand-mère n'était rien d'autre qu'une vieille fouineuse ! se dit-il.

— Je l'ai épousée, répliqua-t-il. Que te faut-il de plus ?

Le regard perspicace le sonda.

— Tu n'es pas raisonnable, décréta Dimitra.

En toute autre circonstance, Asterion aurait pris ombrage de ce jugement péremptoire. Sauf qu'il se devait d'admettre qu'au contact de sa jeune épousée, il se sentait tout sauf raisonnable – chose qu'il n'aurait avouée devant personne.

Enfin, au moment où Asterion se demandait s'ils allaient demeurer éternellement prisonniers de ce purgatoire, la fête prit fin. Les uns après les autres, les invités furent dirigés vers la sortie du parc par les membres de son personnel, armés de lanternes. Côte à côte, Brita et lui les saluèrent de la main, depuis le dôme protégeant l'entrée de la villa.

Tous finirent par disparaître, et les domestiques s'évaporèrent, les bras chargés de ce qu'ils allaient devoir ranger.

Pour finir, Asterion se retrouva seul avec sa femme.

C'était presque trop beau pour être vrai.

Ce fut presque malgré lui qu'il fit face à Brita. Comme cette inoubliable nuit, plusieurs semaines auparavant, en haut de la colline.

Son pouls s'accéléra. La lave qui courait dans ses veines lui rendait presque impossible le simple fait de respirer. Lorsqu'il y parvint, ce fut pour inhaler le parfum qui saturait la brise.

Le parfum de Brita, évoquant les herbes folles des sous-bois. Il s'y mêlait une pointe un peu... sucrée – cette douceur de miel qui n'appartenait qu'à elle.

Fallait-il qu'il dise quelque chose ? N'était-ce pas *lui*, l'homme chevronné ? Quoique, en cet instant, tout ce qu'il possédait d'expérience semblait s'être évaporé...

Tout à coup, Asterion devenait un adolescent balourd, dominé par ses hormones. Celui qu'il n'avait jamais été.

L'obscurité de la nuit lui semblait insondable, malgré la clarté des étoiles, et il faisait étrangement plus chaud que ce n'était habituellement le cas à cette époque de l'année.

Quant à Brita, alors qu'elle aurait dû trembler de tous ses membres, anéantie par l'émotion à l'idée de ce qui l'attendait, elle se contentait de lui sourire.

Se reculant d'un pas, elle lui jeta un coup d'œil lourd de sous-entendus, avant de faire volte-face pour se diriger vers la lisière de la forêt. Puis, avant de disparaître entre les arbres, elle regarda par-dessus son épaule en haussant un sourcil, lui lançant clairement un défi.

Cela signa la perte d'Asterion.

Sans même réfléchir, il se jeta à la poursuite de celle qui était maintenant sa femme.

Comme l'animal sauvage qu'il se défendait d'être – qu'il s'enorgueillissait de n'avoir jamais été.

À l'exception de ce soir.

8

Brita s'arrêta pour attendre son époux.

Dire qu'elle n'avait jamais imaginé accepter le mariage, hormis sous la contrainte !

Asterion la rejoignit en un éclair, essoufflé comme s'il avait couru. Ce n'était nullement le cas. Elle l'avait suivi du regard, tandis qu'il progressait vers elle, de sa démarche déterminée.

Maintenant qu'il lui faisait face, Brita voyait son regard obscurci par une passion certainement identique à celle qui faisait rage en elle.

À son grand étonnement, elle aimait chacun des événements de cette soirée.

Comme elle aimait *tout* chez cet homme.

Et aussi, se sentir parcourue de décharges électriques. À croire qu'elle avait été frappée par la foudre.

Tout comme elle aimait le regard qu'Asterion dardait sur elle, pareil à une flèche qui la transpercerait, la prenant au piège de la manière la plus délicieuse qui soit.

Il ne lui venait pas à l'idée de faire un pas de côté pour échapper à cet envoûtement. Elle se serait même insurgée, si on l'avait obligée à bouger.

N'était-ce pas incroyable qu'elle soit traversée par de telles pensées, alors qu'encore récemment elle n'envisageait pas d'autre avenir que la réclusion dans un monastère ?

— Mon mari..., dit-elle en faisant rouler les deux syllabes de ce mot sur sa langue. Tu es *mon mari*.

— Et toi, petite sauvageonne, tu es *ma femme*.

La voix sourde avait fait venir des frissons dans tout le corps de Brita.

Cette journée de mariage lui avait paru à la fois excitante et éprouvante. Tout du long, elle avait redouté de se couvrir de ridicule : de laisser tomber de la nourriture sur sa robe blanche, ou de se prendre les pieds dans son ourlet. En tout cas, d'apporter à tout le monde la preuve qu'elle n'était pas digne d'entrer dans la famille Teras.

N'était-ce pas ce que disaient les journaux ?

Depuis l'annonce de ses fiançailles, Brita avait appris à haïr ces paparazzis qui la mitraillaient de leurs flashs chaque fois qu'elle apparaissait en public.

C'était pire que d'être prise sous le plus terrible orage !

Ce qui n'était peut-être pas plus désagréable, en tout cas, que de lire, sous la plume de tous ces journaleux, qu'elle n'était décidément pas l'épouse convenant à l'héritier de la noble lignée des Teras.

Tous ces charognards de la presse people s'étaient régalés de déchirer à belles dents chacun des membres de la famille Martis. Brita avait détesté que son histoire familiale soit, de la sorte, étalée aux yeux du monde entier. Et même si elle ne pouvait désavouer les portraits qui étaient faits de son père, sa belle-mère et ses cousins, elle s'était rendu compte qu'elle n'appréciait pas beaucoup que l'on dise du mal d'eux.

Comme d'elle-même, d'ailleurs, en la soupçonnant ouvertement de n'en avoir qu'après la fortune d'Asterion.

Si elle l'avait osé, Brita aurait clamé à la face du monde qu'on se trompait sur son compte. Que l'argent d'Asterion ne l'intéressait en rien.

Que son attirance pour lui était purement d'ordre *sexuel* !

Cependant, pour se livrer à ce genre de révélations, il aurait fallu qu'elle admette être blessée par les critiques des journaux. Ce qu'elle ne reconnaîtrait pour rien au monde devant lui. Pas plus qu'elle ne dévoilerait la nature des sentiments qu'il lui inspirait.

Depuis toujours, on avait fait comprendre à Brita qu'il valait mieux ne révéler ni ses faiblesses, ni ses espoirs. Afficher une totale indifférence était la clé permettant d'obtenir, au bout du compte, ce que l'on désirait.

C'est ainsi qu'elle avait manœuvré pour obtenir de s'inscrire à l'université, et ça avait marché. Mais ce qu'elle désirait, aujourd'hui, était bien plus colossal...

De toute évidence la plupart des invités à la noce la jugeaient indigne d'Asterion. Elle avait même surpris des railleries à peine déguisées.

Au demeurant, elle était habituée à ce qu'on la dévisage. Sur l'île, les villageois ne se gênaient pas pour afficher le mépris que leur inspirait la « différence » qu'elle incarnait – sans pour autant faire preuve de la même jubilation malsaine, à son égard, que la presse à scandale.

Tout cela était loin, maintenant qu'Asterion et elle étaient seuls dans l'obscurité protectrice de la forêt.

À présent, ils allaient pouvoir en venir à ce qui comptait vraiment, loin des regards, sous la seule clarté de la lune, comme le soir où tout avait commencé.

Aussi Brita ne trouva-t-elle rien à redire lorsque Asterion l'attira à lui pour s'emparer de ses lèvres. Cette fois, il était clair qu'il n'était pas prêt à interrompre son baiser...

Instantanément, Brita éprouva les sensations qui lui devenaient familières chaque fois que cet homme l'approchait : l'onde de chaleur qui la submergeait, cet exquis tourment, ce désir diffus de quelque chose qu'elle n'aurait su définir – le seul terme qu'elle trouvait pour décrire ces sensations était *fourmillements*, mais c'était bien plus que cela.

Se plaquant contre le buste d'airain, elle avait l'impression qu'Asterion était, à la fois, l'origine de son mal, et le seul remède. Mais peu importait que ce soit l'un ou l'autre !

D'un bond, Brita alla nouer ses jambes autour de la taille étroite, laissant échapper un soupir de ravissement lorsque Asterion agrippa ses cuisses pour mieux la maintenir en place.

Tout cela sans cesser, une seule seconde, de l'embrasser avec une passion dévorante. Plus rien n'existait pour Brita que la lueur de la lune et des étoiles se déversant sur elle, et ce corps puissant auquel elle se cramponnait de toutes ses forces.

Elle verrait bien où l'entraînerait la tempête qui se déchaînait au tréfonds de son être. Et ce qu'il resterait d'elle une fois l'orage apaisé.

Si tant est qu'il en subsiste quelque chose…

Lorsque Asterion l'allongea sur le tapis de feuilles – le lit qu'elle préférait à tout autre –, Brita n'aurait su tracer la ligne de démarcation entre le tumulte régnant en elle, et le plaisir qu'elle prenait à être renversée sur le dos, sous le poids de cet homme. Tout ce qu'elle savait, c'est qu'elle adorait le sentir peser sur elle.

Enserrant son visage entre ses paumes, Asterion continua à dévorer sa bouche, approfondissant un baiser de plus en plus exalté. Puis, abandonnant les lèvres de Brita, il promena les siennes sur sa joue, sa tempe, son cou, lui faisant découvrir que bien d'autres endroits de son corps pouvaient prendre feu.

Cherchait-il à la réduire en cendres ? Brita l'accepterait dans un rire aussi joyeux que celui qui montait de sa gorge en cet instant, tandis que la bouche d'Asterion épousait le creux de son épaule, là où il devait sentir son sang battre follement.

Un instant, elle se demanda si tous deux vivaient un tremblement de terre, car les spasmes dont elle vibrait étaient perceptibles également dans le grand corps fusionnant avec le sien, en chacun des endroits où ils étaient unis – partout où Asterion soudait à elle sa chaleur et le poids de son corps.

Dans tous ces endroits où elle-même n'était que langueur.

Il émit une sorte de feulement rauque, comme celui d'un animal bien trop sauvage pour être approché et, à cet appel, Brita ne put que répondre *oui*.

Aussi s'abandonna-t-elle à l'urgence de ses propres pulsions, promenant frénétiquement les mains sur le corps d'Asterion, se délectant de tout ce qui lui paraissait singulier sous l'étoffe des vêtements, insinuant les doigts dans chacun des espaces où ils pouvaient être en contact avec la chaleur de cette musculature lisse et ferme. Et c'était un festin bien plus délicieux que leur repas de noce.

Plus Brita s'enhardissait dans les caresses qu'elle prodiguait à Asterion, meilleur c'était.

Encore plus brûlant… plus affolant…

— *Oui*, gémit-elle. S'il te plaît…

Mais à l'instant où elle était sur le point de planter les dents dans la chair d'Asterion, Brita l'entendit protester :

— Doucement… Tu es novice, et j'ai peur de…

— Mais, *moi*, je n'ai peur de *rien* !

S'écartant pour observer Asterion, elle lui vit une expression suppliciée. Cela ne fit que l'aiguillonner. Le cœur battant, Brita tendit les bras pour agripper sa robe et la remonter le long de ses jambes, exposant sa nudité.

Elle se réjouit de son audace lorsque Asterion réitéra la plainte sourde qu'il avait émise un moment plus tôt – celle d'un fauve –, car ce râle lui disait assez qu'il appréciait ce qu'elle faisait.

Tout à coup, Brita avait l'impression de découvrir à quoi pouvait réellement servir son propre corps. Jusque-là, elle l'avait utilisé à courir, grimper, sauter, danser sous la pluie, ou se laisser caresser par les rayons de la lune.

Ce qui lui était révélé, était entièrement nouveau.

Il y avait ce feu ardent entre ses cuisses, qui faisait monter en elle d'irrépressibles frissons, sans qu'elle puisse faire autre chose que se plaquer étroitement à Asterion, s'enrouler à lui pour voir s'il était possible que cette chaleur s'intensifie.

Lorsque Brita perçut contre son bas-ventre la puissance de sa virilité, une myriade d'étincelles s'alluma en elle.

— Ma sauvageonne, lâcha-t-il entre ses dents, tu ne comprends pas...

Sauf que tout ce que désirait Brita, c'était se livrer sans retenue aux sensations qui la traversaient. Elle porta une main à la braguette d'Asterion, palpant son érection en souriant largement, puis laissa échapper un rire ravi à entendre ses gémissements sourds.

Il grognait comme n'importe quelle bête sauvage, et c'était un écho qui résonnait en elle, incroyablement excitant.

Ce fut alors qu'il vint se mettre en position au-dessus d'elle, en appui sur un coude, tandis qu'il glissait son autre bras entre eux.

Brita n'avait nul besoin de demander ce qu'il allait faire. Elle savait. Toutes les parcelles de son corps frémissaient d'anticipation. Peut-être laissa-t-elle, à son tour, monter de sa gorge une sorte de grognement... Cela, elle n'aurait su le dire, tant elle était obnubilée par le fait qu'Asterion défaisait la fermeture à glissière de son pantalon, libérant de son carcan le long membre dressé qui vint flirter avec sa moiteur secrète.

— Tu ne portes pas de sous-vêtements ? s'étonna-t-il entre ses dents serrées, comme si cette découverte le mettait à la torture.

— Ça ne m'a pas semblé utile...

Brita ne chercha pas à s'expliquer davantage, car le sexe

durci entreprit un mouvement de va-et-vient contre le cœur brûlant de sa féminité et c'était... *magique*. Divin !

Dire qu'elle n'avait jamais senti ne serait-ce que les mains de quiconque sur elle !

Asterion se frottait à elle, en une grisante caresse. Soudain, un formidable spasme monta du plus profond de Brita, la faisant se cabrer comme lorsqu'elle dansait sous l'orage.

Cet orage-là était d'une violence qu'elle n'avait jamais connue, déchaînant en elle une salve d'explosions qui la propulsa au plus haut d'un univers inconnu.

Lorsque Brita retrouva ses esprits, ce fut pour découvrir Asterion toujours penché au-dessus d'elle.

Le brasier se ranima au creux de son ventre, tandis qu'il la dévorait d'un regard où brillait la même frénésie que celle qu'il lui semblait sentir tout autour d'elle. Ses yeux s'arrondirent lorsqu'elle devina l'extrémité du sexe d'Asterion s'insinuant là où pulsait son désir.

Le choc qui la secoua, fit trembler tout son être.

La fixant intensément, Asterion la pénétra très doucement, prudemment. Ensuite, il se retira, puis revint s'enfoncer un peu plus avant, éveillant en Brita un appétit nouveau, effréné. Des éclairs la parcouraient depuis chaque endroit qu'il touchait, se déployant dans les moindres parcelles de son corps.

Dans chaque membre, chaque fragment de son squelette.

Dans tout ce qu'elle était, ou deviendrait un jour.

Inexorablement, Asterion s'introduisait en elle, centimètre après centimètre, jusqu'à plonger délicieusement au plus profond de son intimité.

Brita entendit une sorte de couinement bizarre, et Asterion lui ordonna de ce ton ferme qu'elle ne trouvait même plus sévère :

— Respire !

Prenant une inspiration, Brita réalisa que ce son étrange,

c'est elle qui l'avait produit – sans savoir s'il s'agissait d'un halètement ou d'un gémissement étouffé.

Alors, elle s'empala aussi profondément qu'elle le pouvait sur toute la longueur incandescente de ce sexe qui l'emplissait totalement, qui était même peut-être trop pour qu'elle puisse le contenir, et...

Et elle jouit une nouvelle fois.

Tandis qu'elle redescendait du septième ciel, elle entendit le rire d'Asterion – cette sonorité moins mélodieuse que redoutable qui, pourtant, faisait naître en elle un écho ravi.

Il se mit en mouvement en elle, sur un rythme régulier. Tout ce que Brita parvenait à faire, c'était se cramponner à Asterion de toutes ses forces, la tête rejetée en arrière pour mieux se concentrer sur les sensations qu'elle éprouvait, sur toutes ces choses mystérieuses qu'il lui faisait découvrir.

Sur le fonctionnement de son propre corps.

Sur le désir et le plaisir.

Sans relâche, il s'enfonçait en elle, et chacun de ses coups de boutoir faisait d'elle un être différent. *Nouveau !*

Jusqu'à ce qu'elle perde le contrôle une troisième fois, à l'instant où Asterion la rejoignait dans une conflagration finale qui les catapulta, ensemble, au milieu des galaxies au-dessus d'eux, dans lesquelles Brita eut l'impression de se dissoudre.

Car elle n'eut aucune conscience du moment où Asterion s'écarta pour rajuster leurs vêtements comme il le pouvait, avant de la soulever dans ses bras.

Lorsqu'elle recouvra ses esprits, il l'emportait, à grandes enjambées, en direction de sa maison, et la façon dont Asterion la tenait haut devant lui, donnait l'impression qu'ils allaient vers le lieu de son sacrifice.

Mais, ce soir, cela lui importait peu d'être offerte en sacrifice !

Reposant la tête sur l'épaule d'Asterion, Brita fixa son attention sur la mer qui s'étendait au-dessous d'eux, tandis qu'il descendait une volée de marches après l'autre, de plus en plus bas dans ce labyrinthe de verre qu'était sa demeure. Ils finirent par pénétrer dans une vaste pièce dont Brita comprit qu'il s'agissait de la chambre d'Asterion.

La faisant asseoir au bord d'un immense lit, sans cesser de la dévorer des yeux, il entreprit de la dévêtir totalement – omettant, cependant, de retirer la couronne de fleurs, un peu de guingois, encore posée sur sa tête.

— Tu as l'air d'une déesse, fit-il d'une voix enrouée.

Il n'était pas une parcelle du corps de Brita qui ne soit en alerte. Les pointes de ses seins étaient fièrement dressées, comme pour mieux s'offrir aux regards d'Asterion. Entre ses jambes, elle percevait une douce moiteur, et ces picotements dont elle savait maintenant ce qu'ils étaient – perceptions dont elle se repaissait, et qui lui donnaient l'impression que son corps était à l'étroit dans son enveloppe de peau. Asterion s'était agenouillé devant elle, au pied du lit, et il lui écarta largement les cuisses. Brita en eut le souffle coupé.

Elle reprit sa respiration lorsqu'il lui fit poser les jambes sur ses épaules, avant de s'incliner pour insinuer une langue experte entre ses pétales humides, lui enseignant une nouvelle façon de balancer ses hanches en une danse sensuelle, de creuser les reins pour mieux se plaquer contre cette fontaine de plaisir qu'était la merveilleuse bouche de son époux.

Ce fut seulement lorsqu'elle s'abandonna en sanglotant à un spasme final, d'une force inouïe, qu'Asterion se mit debout, arrachant les quelques vêtements qu'il portait encore, pour se dresser devant elle dans toute sa glorieuse nudité.

Submergée par un foisonnement d'envies irrépressibles, Brita n'aurait su par quoi commencer.

Elle voulait enfouir son visage entre les pectoraux d'athlète ; suivre de ses lèvres la toison brune s'amincissant jusqu'à se perdre là où se dressait le membre raidi ; le prendre dans sa bouche comme il l'avait fait pour elle…

Trop tard ! Elle n'eut pas le temps de se décider, car Asterion rampait sur elle, couvrant son corps du sien. Puis il roula sur le dos, l'emportant dans ce mouvement, de sorte que Brita se retrouva à califourchon sur lui, sa longue chevelure tombant entre eux comme un rideau de jais, dont la soie était parfumée des produits raffinés avec lesquels on l'avait coiffée – des effluves qu'elle avait craint de détester, regrettant les odeurs d'herbe fraîche auxquelles elle était accoutumée, or il n'en était rien.

Elle oublia vite toutes ces contingences, car Asterion agrippait ses flancs et la soulevait pour se glisser en elle.

— J'imagine que chevaucher ne te fait pas peur, non ? souffla-t-il d'une voix où pointait le défi.

Défi que Brita accepta sur-le-champ. Appuyant les paumes sur le torse de son mari, elle se hissa sur les genoux, puis entreprit de coulisser sur toute la longueur de son sexe.

Un gémissement d'extase s'échappa de ses lèvres à éprouver la manière dont Asterion l'emplissait. Elle ondula sur lui, se délectant d'être à la manœuvre. Lorsqu'elle s'inclina, il avança la tête pour aspirer l'un de ses tétons entre ses lèvres, ce qui ne fit qu'intensifier les décharges fulgurantes qui la parcouraient, l'embrasant tout entière.

Brita s'autorisa à leur impulser le rythme qu'elle voulait, ne s'interrompant même pas quand elle sentit monter le plaisir, ni lorsque les mains d'Asterion se crispèrent sur ses hanches de plus en plus frénétiquement.

Il ne s'écoula guère de temps avant qu'elle ne soit emportée par un nouvel orgasme, encore plus fabuleux que les précédents.

Alors, Asterion prit la direction des opérations, accélérant la cadence de ses coups de reins, avec la certitude manifeste de savoir exactement ce que chacun de ses assauts faisait ressentir à Brita…

Jusqu'à ce qu'ils jouissent à l'unisson, dans un embrasement aussi ravageur que la désintégration d'une comète, avant de s'effondrer ensemble sur le grand lit, se laissant absorber par l'obscurité.

C'est étroitement enlacés qu'ils glissèrent dans le sommeil.

Lorsque Brita s'éveilla, l'aurore teintait la mer de tonalités allant du rose à l'orange. Par l'immense baie vitrée, s'offrait à elle la vision qu'elle préférait à toute autre : la symphonie d'un lever de soleil.

À côté d'elle, le lit était vide. Au fond, ce n'était pas plus mal, songea-t-elle. Tout ce qui s'était déroulé au cours de la nuit devait avoir marqué son épiderme. Peut-être, même, les traits de son visage en étaient-ils modifiés ?

Faisant d'elle une personne différente de la veille.

Brita était soulagée que personne ne soit là pour constater pareils changements. Rien, jamais, ne l'avait préparée à ce qu'elle avait vécu. Comment aurait-elle pu imaginer se sentir aussi proche d'un autre être humain ?

La bouche d'Asterion s'était posée en des endroits de son anatomie dont elle ignorait jusqu'à l'existence. Et elle l'avait reçu en elle !

Quant à ce qu'elle éprouvait, c'était bien plus terrifiant qu'elle n'aurait pu le croire !

Asterion n'avait pas tort en disant qu'elle était un modèle de candeur. Brita n'aurait jamais pensé se sentir, un jour, aussi vulnérable. Mise moralement à nu. À la fois avide de revivre pareille expérience, et taraudée par l'envie de fuir.

Se roulant en boule, elle ferma les yeux. Quelques larmes y perlaient. Malgré elle, lui revenaient à l'esprit des images de sa dernière visite au couvent, dix jours plus tôt.

Introduite devant la mère supérieure, elle avait entendu celle-ci s'étonner de la voir paraître avant la fin de son année dans le monde.

« Je vais me marier, avait dit Brita avec sa brusquerie habituelle. Et pas pour les raisons que vous imaginez. Mais rien ne dit qu'un jour je ne reviendrai pas vers vous, en demandant à être reprise au couvent. »

La religieuse avait souri, d'un air entendu, au lieu de lui adresser le sermon auquel Brita s'attendait. Elle ne lui avait pas parlé de ses devoirs ; elle ne l'avait pas condamnée pour s'être écartée du droit chemin.

Non, simplement, elle avait souri.

Cette rencontre avait laissé Brita terriblement perplexe.

Néanmoins, aujourd'hui, quand celui qui était devenu son mari, lui avait mis la tête à l'envers, elle comprenait enfin ce que signifiait le sourire énigmatique de l'abbesse.

Tout bonnement, cette femme pleine de sagesse avait pressenti ce qui allait advenir : Brita n'était plus la même !

Elle avait changé du tout au tout.

Cet homme l'avait fait changer.

Plus jamais elle ne redeviendrait la jeune fille innocente qu'elle était avant les événements de cette nuit.

9

Un mois après son mariage, Asterion se devait d'admettre qu'en dépit de toutes ses résolutions – lesquelles avaient force de loi sur la plupart des sujets –, les choses ne se passaient pas comme il l'avait souhaité.

Il en avait eu l'intuition à différents moments, mais le coup de grâce lui fut asséné à l'occasion d'une soirée de gala, d'un faste enchanteur, donnée à Monaco.

Comme à son habitude, Brita était naturellement éblouissante dans la plus simple des robes fourreau dépourvue de tout ornement – car aucun ne lui était nécessaire. À son entrée, tous les regards s'étaient braqués sur elle. Bien évidemment, elle avait superbement ignoré l'admiration intriguée qu'elle suscitait, et Asterion savait que cela ne ferait qu'ajouter à son mystère.

La presse people se perdait en conjectures sur l'épouse de l'héritier du clan Teras, mais Brita n'en avait cure. Ni rumeurs ni machinations, d'où qu'elles viennent, ne l'atteignaient. Elle traçait sa route, un sourire énigmatique aux lèvres, et n'en faisait qu'à sa tête.

Heureusement qu'Asterion était le seul à savoir à quoi sa ravissante épouse avait occupé le trajet depuis la somptueuse propriété, inondée du soleil de la Côte d'Azur, qu'il possédait au bord de l'eau, sur la presqu'île de Saint-Jean-Cap-Ferrat. En fait, Brita s'était livrée à l'expérimentation méthodique des diverses manières de lui donner du plaisir avec sa bouche...

Cependant, la réception durait depuis à peine une heure, lorsqu'il avait constaté que Brita avait bel et bien disparu.

Ce n'était pas la première fois qu'elle lui jouait ce genre de tour, et c'était bien là tout le problème. Les épouses des hommes qu'Asterion fréquentait dans ces cercles huppés, ne s'éloignaient jamais de leur seigneur et maître. Demeurer au côté de leur riche et puissant mari faisait partie de leurs devoirs conjugaux. De plus, à quoi servait-il de se doter d'une *femme trophée*, si c'était pour ne jamais pouvoir l'exhiber ?

Asterion s'était ouvert de cette préoccupation à Brita, pas plus tard qu'après la réception à laquelle ils s'étaient précédemment rendus. En effet, un armateur avec qui il était en affaires, avait eu la perfidie de prétendre ignorer qu'Asterion venait de convoler en justes noces.

Où donc était la jeune épousée – forcément rougissante – qui aurait dû paraître à son bras ? avait-il demandé d'un air sournois. Ce qui lui avait, d'ailleurs, valu de perdre un très juteux marché.

Or, pour l'heure, Brita était introuvable, ce qui ne laissait pas d'agacer Asterion.

Non qu'il se fasse du souci pour sa sécurité – quand bien même il éprouvait pour elle un intérêt qu'aucune femme n'avait jamais suscité en lui. Ni qu'il redoute, un tant soit peu, que sa superbe épouse soit occupée à faire du charme à un autre homme. Ou qu'elle soit aux prises avec des individus malintentionnés, lesquels auraient cherché à l'utiliser pour l'atteindre, *lui*, d'une manière ou d'une autre. Asterion était certain que Brita saurait parfaitement se défendre, même sans être armée de son arc et ses flèches.

Ayant inspecté tous les endroits où elle était susceptible de se trouver – de la magnifique salle de bal aux immenses cuisines du pseudo-château d'époque –, Asterion eut une intuition subite. Empruntant l'une des sorties de service, il traversa les jardins s'étendant à l'arrière de la bâtisse, pour finir par découvrir sa femme accroupie sur le sol, près d'un taillis.

Levant les yeux vers lui, Brita n'afficha pas la moindre gêne. Bien au contraire, elle rayonnait.

— J'ai trouvé une portée de chatons, dit-elle avec le même enthousiasme que si elle avait parlé d'une espèce rare.

— Brita..., commença Asterion sur un ton de reproche.

Il s'interrompit brusquement en constatant qu'elle ne lui prêtait pas une once d'attention.

À *lui*, son époux !

Avec stupeur, il la vit recueillir sept petites créatures, poussant des miaulements déchirants, au creux de sa robe comme s'il s'était agi d'un vulgaire tablier. Sans se soucier d'être maculée de boue, Brita regagna fièrement les cuisines. Puis, une fois qu'elle eut réussi à y caser cinq de ses petits protégés, elle alla offrir les deux qui restaient à leurs hôtes.

Au beau milieu de la noble demeure, décorée avec le plus grand raffinement.

Cette femme était un vrai danger public !

Certes, Asterion pouvait concevoir que Brita éprouve le besoin de trouver sa place dans ce nid de vipères qu'était le cercle de relations dans lequel il gravitait. Il compatissait même avec elle !

Cependant, il se devait de lui faire respecter la dynastie des Teras, et embrasser les devoirs qui s'y rattachaient.

— Je suppose que tu comprends que si l'on accepte une invitation à ce genre de soirée, c'est effectivement pour s'y montrer, dit-il tandis qu'ils regagnaient leur villa.

Brita se contenta de tourner vers lui un regard songeur. Tout ce qu'elle avait manifestement en tête, c'était le sort des bestioles qu'elle avait sauvées, car elle demanda d'un air espiègle :

— Tu as dû leur promettre combien, pour qu'ils acceptent de les garder ?

Et lorsque Asterion fronça les sourcils, elle éclata de rire.

Qu'il lui soit à un tel point impossible de la discipliner, le mettait... mal à l'aise. Et cela quand bien même il se rendait compte que c'était sa manière à elle de faire face aux exigences de son nouveau rôle.

Malheureusement, les jours passaient sans que la situation s'améliore. Bien au contraire ! Asterion ne savait jamais à quoi s'attendre de la part de sa jeune épouse.

Parfois, cependant, elle le surprenait favorablement. Comme lorsqu'elle fit la conquête de deux familles royales européennes – d'importance mineure, certes, bien qu'ayant le bras long –, en se conciliant les faveurs du vieil oncle aveugle du marié dont elle avait bichonné le chien-guide, un animal peu enclin à faire ami-ami avec qui que ce soit.

« Formidable ! s'était enthousiasmé l'assistant d'Asterion. Cela fait des années que nous cherchons à entrer dans les bonnes grâces de ces gens-là, et il aura suffi de quelques caresses à un chien pour nous ouvrir toutes les portes. Votre épouse est une arme secrète, monsieur ! »

Sauf qu'Asterion ne pouvait ignorer que ladite « arme secrète » était chargée, et il redoutait constamment d'appuyer sur la détente.

Et comment être certain qu'il pouvait compter sur le rayonnement de Brita pour faire avancer ses affaires, quand il se trouvait dans l'incapacité totale de lui demander quoi que ce soit ? Elle n'agissait que selon son bon vouloir, en se moquant éperdument des répercussions de ses actes.

Y compris pour tout ce qui concernait son époux !

Asterion avait beau, par exemple, répéter à Brita qu'il

n'était pas convenable pour l'épouse d'un homme tel que lui de vagabonder dans les collines – comme elle continuait à le faire –, ses admonestations demeuraient sans effet. Sa sauvageonne hochait sagement la tête, semblant acquiescer, puis elle disparaissait dans les bois selon ses envies.

Qu'y avait-il de pire ? s'interrogeait Asterion. Avoir constamment conscience que, pour la première fois de sa vie, une personne partageait la maison qu'il avait fait construire pour lui seul ? Ou se sentir épouvantablement mal lorsque ladite personne s'en échappait ?

Il était à bout de nerfs et son travail commençait à en pâtir.

Surtout, Asterion se rendait bien compte qu'il commençait à se comporter comme il ne l'avait jamais fait. Car il lui arrivait de plus en plus fréquemment de se mettre en situation d'*attendre* Brita. De *veiller*, même, jusqu'à ce qu'elle rentre. Et parfois, n'y tenant plus, il se lançait à sa recherche. Bien sûr, sans parvenir jamais à la trouver.

À croire qu'elle préférait qu'il en soit ainsi !

Il en venait à se demander si elle existait vraiment. Si elle n'était pas cette créature mythique dont parlaient les fables villageoises.

Peut-être cela aurait-il été plus facile, si c'était pour rejoindre un amant que Brita se glissait furtivement hors de la maison ? Quoique cela parût tout à fait inenvisageable à Asterion. Il ne redoutait pas la concurrence d'un autre. Non par forfanterie, mais parce qu'il savait que ce qu'il partageait, au lit, avec Brita était tout aussi bouleversant pour elle que pour lui.

Malgré tout, Asterion répugnait à s'avouer qu'il n'avait jamais rien connu d'aussi intense. D'aussi charnel. Sans commune mesure avec la frivolité des jeux sexuels sans conséquence qu'il avait pratiqués toute sa vie.

Parfois, il se demandait si pour Brita leurs échanges n'étaient que cela : d'agréables jeux sexuels ?

Elle entrait et sortait de ce qui était maintenant *leur* maison avec toujours la même discrétion. Asterion l'attendait dans l'obscurité de la chambre, n'allumant que lorsqu'il l'entendait revenir aussi imperceptiblement que quelque spectre. Invariablement, il s'attendait à la voir cligner des paupières, bafouiller des excuses, afficher une mine vaguement coupable. Il n'en était rien !

Sur un ton léger, Brita lui racontait ses récentes trouvailles dans les bois, apparemment ravie de s'en ouvrir à lui. Elle ne semblait pas se rendre compte que son mari passait de plus en plus de temps à guetter son retour, se comportant comme il s'était toujours promis de ne jamais le faire.

Comme il avait trop vu son propre père agir, alors que lui-même n'était encore qu'un enfant. N'avait-il pas espéré, plus que tout, ne pas devenir ce type d'homme, victime de ses passions ? Ne s'était-il pas glorifié d'avoir supprimé ce genre de choses de sa vie, délibérément, depuis l'âge de douze ans ?

Quoi qu'il en soit, dédaignant le mécontentement d'Asterion, Brita ôtait les vêtements dans lesquels elle aimait prospecter les fourrés, puis elle s'avançait vers lui dans le plus simple appareil, lui faisant sur-le-champ oublier son indignation.

Il fallut à Asterion plusieurs semaines pour se rendre compte que la façon dont Brita le traitait, touchait en lui une corde sensible.

Et cela n'avait rien à voir avec ses souvenirs d'enfance.

À dire vrai, il attendait d'elle la preuve que leur mariage la bouleversait autant qu'il l'était lui-même – bien qu'il lui soit terriblement difficile de l'admettre. Il n'était plus que l'ombre de lui-même, errant dans le labyrinthe de sa maison, comme l'ogre qu'il était peut-être bien, après tout.

Nuit après nuit, comptant les heures jusqu'au moment où Brita daignait rentrer au bercail, Asterion finit par comprendre que sa seule motivation pour ce faire était qu'il lui fasse l'amour.

Car il était indéniable qu'elle y prenait le plus grand plaisir. Brita adorait chaque seconde de ce que leurs deux corps faisaient ensemble. Elle faisait preuve d'une imagination sans bornes, de même qu'elle se délectait de toutes les découvertes qu'il lui faisait faire.

Rien n'était jamais *trop*. Ce n'était jamais *assez*.

Le seul moyen qu'avait Asterion de la garder auprès de lui, était de la mettre nue dans un lit, gémissant son désir pour lui.

Sauf que l'ogre qu'il était, avait également besoin de travailler. Et à l'instant où il se livrait à d'autres occupations que lui faire l'amour, Brita s'éclipsait pour rejoindre les animaux sauvages dont Asterion commençait à penser que c'était à eux qu'elle était mariée.

Ou, peut-être, est-ce seulement au cœur des forêts qu'elle se sent en sécurité ? lui soufflait, parfois, une petite voix qu'il se refusait à prendre en considération.

Un soir, six semaines après leur union, ils se retrouvèrent assis l'un en face de l'autre, à la table du dîner, comme Asterion avait spécifié qu'il le souhaitait lorsqu'ils n'étaient pas obligés de sortir. Il avait émis cette requête dans un moment d'intimité, sachant que c'était la seule occasion de retenir pleinement son attention.

Brita avait fait irruption quelques instants avant de passer à table, échevelée, une manche déchirée, une trace de boue sur le visage, et affichant une parfaite nonchalance – on aurait dit quelque étudiante, parcourant le monde sac au dos.

Qu'elle soit en retard pour dîner – Asterion l'avait attendue en broyant du noir –, ne semblait pas la préoccuper le moins du monde. Pas davantage ne la troublait l'idée que ses expéditions la conduisaient dans des endroits dangereux et isolés, où elle risquait clairement sa vie.

— Je suis affamée, et tout cela sent divinement bon !

s'exclama-t-elle en désignant de la main les mets préparés par le chef cuisinier, avec toute la recherche exigée par Asterion.

— Tu pourrais faire un effort et t'habiller pour dîner, grommela-t-il.

Brita haussa les épaules.

— Ou bien je pourrais me déshabiller, répliqua-t-elle.

Ce qu'elle fit séance tenante, se débarrassant de tous ses vêtements avec le naturel qu'elle mettait habituellement dans cette action. Donnant l'impression qu'elle ne cherchait nullement à le séduire, mais *préférait* simplement être nue, chaque fois qu'elle en avait la possibilité.

Elle était exaspérante !

À voir Brita se rasseoir à table, dans toute sa splendide nudité, sans un regard vers lui, Asterion faillit s'étouffer.

Mieux valait, songea-t-il, se concentrer sur l'agacement que lui inspirait cette femme invivable, que de laisser libre cours au désir qui le taraudait sans fin. Quand bien même Asterion refusait de s'interroger sur ce fait, il était clair que le temps ne faisait rien à l'affaire : les jours passant, il ne cessait de désirer Brita. Jour et nuit. De plus en plus follement.

— Tu ne devrais pas prendre le risque de brûler ta somptueuse poitrine avec un plat chaud, finit-il par lâcher d'un ton maussade.

Déboutonnant sa propre chemise, Asterion la tendit à Brita. D'un air espiègle, elle l'enfila, la drapant autour d'elle comme un peignoir.

Comme si tout cela était particulièrement *amusant* ! s'indigna-t-il en son for intérieur.

La table avait été dressée pour eux sur la terrasse, sous la tonnelle couverte de pampres aux raisins mûrs, et éclairée de lampions, face à la mer.

Asterion ne voyait rien d'autre que sa femme.

Elle lui souriait, étirant ses lèvres sensuelles avec toute la lascivité malicieuse qu'il lui connaissait. S'il s'était écouté, Asterion aurait tendu les bras en travers de la table pour l'attirer contre lui. Pourtant, en même temps, il ne souhaitait qu'une chose : expliquer à Brita que son comportement n'était plus acceptable.

Elle doit cesser ! se répétait-il obstinément dans sa tête.

Asterion ouvrait la bouche pour lui faire part, encore une fois, de cette conclusion irrécusable quand il fut, brutalement, frappé par une idée qui lui glaça le sang.

En vérité, Brita agissait avec lui comme il l'avait toujours fait avec ses maîtresses successives !

Elle lui offrait son corps sans réserve, avec enthousiasme et le plus parfait ravissement, et s'empressait d'oublier jusqu'à son existence dès qu'elle retournait à ce qui la passionnait réellement. Et lorsqu'ils étaient ensemble, elle attendait plus ou moins patiemment qu'ils se perdent dans les délices de la chair, faisant poliment la conversation en racontant ses aventures, comme lui-même parlait de son travail à ses conquêtes au-dessus de la table d'un dîner.

N'était-ce pas ainsi qu'il avait toujours traité ces dernières ? Comme si ces femmes ne lui servaient qu'à faire de… de *l'exercice*, aussi charmantes qu'elles soient.

Il n'était guère étonnant qu'on lui ait attribué le surnom d'Ogre !

Curieusement, c'était la première fois qu'il en concevait un certain dépit.

— Cela fait six semaines que nous sommes mariés, reprit-il d'un ton sévère, et tu ne tiens aucun compte de mes observations.

Brita lui faisait face, enroulée dans sa chemise, et elle était encore plus adorable que de coutume. Asterion mourait d'envie de tendre une main pour effacer la trace de boue qu'elle avait encore sur la joue, de poser ses lèvres sur le creux à la base de son cou. Et s'il s'était écouté, il serait tombé à genoux devant Brita pour insinuer la langue dans sa chaude moiteur, jusqu'à la propulser au septième ciel.

— Quand j'ai prononcé les vœux de mariage, répliqua Brita d'une voix posée, mais sans le regarder, je ne crois pas m'être engagée à renoncer à tout ce que j'aime. Bien au contraire, il me semble t'avoir entendu promettre que je pourrais continuer à vivre comme je l'entends. C'est même ce qui m'a décidée à t'épouser.

— Entre autres raisons, grommela Asterion.

Lorsque Brita haussa les épaules, il n'y avait plus aucune insouciance dans son geste.

— J'aurais pu intégrer le couvent, en me repentant tout à loisir de la tentation que tu avais incarnée au cours de mon année probatoire, objecta-t-elle. Tu n'ignores pas, Asterion, que je t'ai épousé pour ne pas avoir à renoncer à mes chères collines, aux arbres, et aux animaux qui y vivent.

— C'est inadmissible ! tonna-t-il.

— Pourquoi ?

Brita continuait à ne pas tourner le regard vers lui, ce qui agaçait prodigieusement Asterion. Tenait-elle tant à lui faire comprendre qu'il ne l'impressionnait pas ? Cependant, elle avait perdu un peu de sa belle indifférence et, lorsqu'elle empila de la nourriture sur son assiette, il remarqua que sa main tremblait légèrement.

— Tu appartiens, maintenant, au clan Teras, martela-t-il. Tu savais ce qu'il en serait en prenant mon nom. Que cela te plaise ou non, certaines exigences sont légitimes pour une personnalité de mon rang.

— Et *toi*, tu savais qui j'étais quand tu m'as demandée en mariage, non ?

Prenant une bouchée de ce qu'elle avait entassé devant elle, et mâchonnant sans le regarder, Brita finit par déglutir avec peine. Puis elle se décida à poser les yeux sur Asterion, avec un regard d'une fixité qui le mit mal à l'aise.

— Pourquoi les gens pensent-ils que le mariage modifie forcément la personnalité de ceux qui s'y engagent ? questionna-t-elle. Pour ma part, je n'ai jamais imaginé que tu allais te transformer sous mes yeux. Et je ne comprends pas comment tu as pu penser que, *moi*, j'allais me métamorphoser en une autre que celle que tu connaissais.

— Parce que je te l'ai demandé.

— Tu as prononcé tout un tas d'interdictions à mon encontre, oui. Mais je supposais que tu n'étais pas vraiment sérieux. Tu sais pertinemment que je ne tiens aucun compte de ce genre de remontrances. Si j'ai passé mon temps à m'échapper de la maison de mon père, c'est parce que j'en avais plus qu'assez de ce genre de discussions, justement. Comment peux-tu espérer que je me comporte différemment aujourd'hui ?

— J'espère que tu ne me compares pas à ton père !

Continuant à le dévisager obstinément, Brita semblait se demander comment résoudre l'énigme qu'il représentait. Asterion détestait cela. Il n'y avait rien de mystérieux en lui. Il n'était que logique et raison !

— Qu'est-ce qui a changé depuis notre mariage ? interrogea-t-elle. Pourquoi es-tu aussi résolu à me mater ?

— Je ne cherche pas à exercer sur toi quelque forme de contrôle que ce soit. Il s'agit simplement de ta sécurité. Et, que cela te plaise ou non, de l'héritage des Teras.

— J'ai aimé être dans tes bras, sous la magie du ciel étoilé, à admirer le coucher de soleil. Pourquoi renoncerais-je à cela ? Et pourquoi souhaites-tu y renoncer de ton côté ?

— Parce qu'il y a des règles à respecter ! Nous sommes mari et femme, désormais.

Asterion avait lancé cela d'une voix qu'il ne reconnaissait pas lui-même. Que diable se passait-il en lui ? Il avait l'impression que toutes ses belles certitudes s'effondraient comme un château de cartes. Que quelque chose, au tréfonds de son être, se brisait en mille morceaux.

Dans le regard que Brita posait sur lui, il y avait une sorte de tristesse, qu'il sentait s'insinuer sous sa peau.

— Je sais, dit-elle à mi-voix. Tu ne cesses de me le rappeler.

À l'intérieur d'Asterion, ce qu'il restait encore du château de cartes s'effondra inexorablement. Cependant, il ne renonçait pas complètement à batailler.

— L'homme que tu as rencontré n'a pas grand-chose de commun avec ma véritable personnalité, lâcha-t-il. Je t'ai menti, Brita. J'ai fait semblant... Celui que je suis *réellement*, jouit d'un statut social qui s'accompagne d'un certain nombre d'obligations. Pas celles que fixe la société, en général. Celles que je m'impose à moi-même, et que je n'ai aucune intention de modifier. Le voudrais-je que je ne le pourrais pas. Voilà qui je suis !

S'attendant à voir pâlir Brita, Asterion ne put que s'étonner lorsqu'elle se contenta de planter dans le sien un regard plein d'assurance.

— Et moi, fit-elle, je n'ai jamais cherché à dissimuler ce que je suis *vraiment*. Donc, si quelqu'un doit changer de comportement maintenant que nous sommes mariés, je ne vois pas pourquoi cela m'incomberait.

Puis, sans lui laisser le temps d'en discuter comme Asterion s'y préparait, elle se leva et laissa tomber de ses épaules la chemise qu'il lui avait donnée. De sorte qu'elle se retrouva, à nouveau, complètement nue devant lui.

Ne lui avait-il pas appris, lui-même, à utiliser ce genre d'armes ? Et elle en faisait usage avec le plus grand zèle !

Ce soir, elle ne perdit pas de temps en préliminaires. Entrant dans le vif du sujet, elle se laissa tomber à genoux devant lui. Et peu importait qu'Asterion se soit redit, maintes et maintes fois, qu'il ne se laisserait plus prendre aux jeux qu'elle jouait, il fut impuissant à résister.

Il suffisait que Brita le regarde avec dans ses prunelles couleur de lune et de soleil une flamme inextinguible. Puis qu'elle le soumette aux caresses de ses mains, de sa bouche, de tout son corps plaqué au sien. Alors, comme toutes les autres fois, Asterion abdiqua.

Bien plus tard, après qu'ils se furent donné un indicible plaisir l'un à l'autre, sur la terrasse puis dans leur grand lit, et enfin sous la gigantesque douche de leur suite, il la regarda brosser longuement sa crinière de jais.

Même quand Brita ne faisait pas exprès d'offrir à ses regards un festin de volupté, elle y réussissait à la perfection.

Il lui suffisait de la voir respirer, et son regard s'attardait sur l'opulence de la poitrine, l'étroitesse de la taille, la courbe des hanches... Sauf que, ce soir, tout à coup, quelque chose d'autre frappa l'esprit d'Asterion.

— Tu ne cesses pas de m'observer, dit-elle d'un ton qui se voulait sermonneur, bien que son regard soit empli de douceur dans le miroir. Dois-je en conclure que le spectacle te fait oublier tes incessantes récriminations ?

Cette fois, Asterion n'avait pas l'intention de se laisser distraire.

— Brita, fit-il, cela fait six semaines que nous faisons l'amour, tous les jours et toutes les nuits.

— C'est vrai.

Le sourire arrogant dont elle le gratifia, était de ceux qu'Asterion ne laissait habituellement pas passer sans qu'il s'emploie à la faire gémir éperdument sous lui, à plusieurs reprises, en guise de châtiment.

Pourtant, en cet instant, il avait bien autre chose en tête. Une sorte de prémonition. Ou de pressentiment, comme l'on voudra. En tout cas, ce genre de certitude absolue dont il était coutumier, et qu'il se plaisait à qualifier d'instinct, faute de mieux - quelque chose de primitif.

— Et tu n'as pas eu tes règles, fit-il observer.

Brita cligna des yeux, la main ralentit dans ses cheveux. Elle laissa tomber la brosse sur ses genoux, y abaissant le regard. Ce fut d'une voix bizarre, qu'elle répliqua :

— Tu as raison. Je ne sais pas pourquoi je n'y ai pas prêté attention...

L'émotion qui submergea alors Asterion était bien plus complexe qu'un simple mélange d'exaltation et de terreur.

Une lumière aveuglante l'éblouissait, véritable révélation.

Allant à la porte de la chambre, il lança un ordre dans le couloir, d'une voix de stentor.

Cela ne prit guère plus d'une heure pour qu'on leur apporte un test de grossesse, et qu'ils aient la réponse à sa question informulée : Brita était enceinte !

Sa femme portait dans son flanc l'enfant qu'il lui avait fait.

L'héritier de sa fortune et de la moitié des biens des Teras.

Asterion avait fini de jouer !

10

Brita ne s'était jamais demandé si elle souhaiterait être mère. La défaillance de la sienne avait plutôt été un non-événement dans sa vie, et elle avait toujours pensé que ce qui lui avait tenu lieu de présence maternelle, n'était autre que l'île elle-même.

N'imaginant pas se marier un jour, il n'était guère étonnant que la perspective d'enfanter ne l'ait guère préoccupée. Et puis, il y avait tant de créatures à la ronde qui réclamaient son aide !

Sauf que deux traits bleus sur un test suffirent à changer la donne. Instantanément, Brita prit conscience que la maternité était le genre d'expérience magique qui méritait d'être vécue. Ne s'était-elle pas toujours passionnée pour les petits êtres de toutes les espèces ? Comment n'aimerait-elle pas encore davantage ses propres bébés ?

À partir de ce moment-là, tout l'amour gardé en elle depuis toujours, s'épanouit chaque fois qu'elle songeait à l'enfant qu'elle portait. Ainsi qu'au père du bébé, d'ailleurs.

Tout cet amour enfoui au tréfonds de son âme lui donnait la sensation que son corps se distendait de bonheur, quand il ne subissait pas encore la moindre transformation.

C'était comme si ce merveilleux sentiment s'insinuait jusque dans la moindre parcelle de son corps, et Brita en venait à marcher, à s'exprimer, et même à *respirer* d'une manière différente. Personne ne lui avait jamais prodigué beaucoup d'amour, dans sa vie, néanmoins elle n'avait plus peur, ni plus aucune envie de fuir.

Cela venait du plus profond de son être, tel un tremblement de terre dont elle ressentait interminablement les commotions successives.

Des émotions d'une indicible beauté ; d'une perfection magique, prodigieuse.

Cependant, Brita ne se risqua point à partager ces émotions avec son mari. Ni le soir où ils avaient eu confirmation de sa grossesse – avant qu'il ne la quitte, lèvres serrées, les yeux lançant des éclairs. Ni au cours des jours qui suivirent, lorsque tout changea, et pas seulement en elle.

Soudain, elle fut assaillie par les incessantes sollicitations d'un personnel qu'elle n'avait pratiquement pas vu jusque-là. On lui demandait constamment son avis sur des questions d'ordre domestique dont elle se moquait éperdument. Dès son réveil, chaque matin, elle était l'objet des prévenances de toute la domesticité d'Asterion. On la conduisit même à des essayages pour modifier sa garde-robe, ce dont elle n'avait que faire.

Par-dessus le marché, Brita devait endurer les visites des connaissances d'Asterion – qu'elle-même avait rarement rencontrées –, aux conversations pleines de sous-entendus. Exactement le genre de choses qu'elle avait toujours fuies !

Cela lui rappelait désagréablement les tête-à-tête auxquels on la contraignait avec sa belle-mère. À quoi bon avoir essayé d'y échapper avec autant d'application ? se demandait-elle.

Ce fut seulement un soir où Brita et Asterion rentraient ensemble en voiture – peu de temps après la découverte de sa grossesse – qu'elle comprit enfin ce qui se tramait à son encontre.

Dans sa famille, elle était habituée à se voir intimer des

tâches qui la rebutaient par des gens dépourvus de toute méthode – opiniâtres, certes, mais incohérents.

Asterion n'avait ni les mêmes objectifs, ni la même façon de procéder. Ses requêtes étaient formulées avec prévenance, et il prenait toujours garde à lui demander son avis sur tout. Cependant, cela revenait au même : il mettait tout en œuvre pour la retenir prisonnière.

La seule différence avec ce que Brita avait connu par le passé, c'est qu'elle se laissait faire...

Parce qu'il suffisait qu'Asterion la touche pour qu'elle ait le sentiment qu'il lui arrivait quelque chose de magique – ce qu'elle n'avait jamais connu avec qui que ce soit d'autre. Brita n'avait qu'une envie : faire durer ce genre d'expérience aussi longtemps que possible ! Et pouvoir se raconter à elle-même tout un tas d'histoires sur les raisons qui poussaient Asterion à l'entourer de tant d'attentions.

Ce soir-là, elle attendit qu'Asterion s'endorme contre elle, comme il le faisait toujours. Puis, quand bien même elle prenait un incommensurable plaisir à se lover dans ses bras, à inhaler l'odeur de son corps, elle se leva.

Il le fallait !

Quelque chose lui disait que si elle n'en faisait rien – si elle se laissait envelopper par la toile d'araignée qu'Asterion tissait autour d'elle –, l'issue lui serait fatale.

Les émotions qui la submergeaient étaient trop fortes, et elle courait le risque d'y succomber pour de bon, si elle ne réagissait pas. Pour la première fois de sa vie, Brita avait l'intuition de ce qui avait pu pousser sa propre mère à s'enfuir.

Elle s'habilla en silence, et prit toutes les précautions nécessaires pour quitter la villa sans se faire remarquer par les gardes qu'Asterion avait embauchés récemment. Il y avait fort à parier que ces costauds étaient plus rusés que les poivrots constituant la famille Martis.

Enfin, Brita retrouva ses chères collines, et l'arc qu'elle y avait caché. Il ne se passa guère de temps avant qu'Héraclès ne vienne se frotter à ses jambes. Reprenant ses rondes habituelles sous le scintillement des étoiles, elle se réjouit de retrouver toutes ses anciennes habitudes.

Pourquoi devrait-elle s'interdire d'agir comme lorsqu'elle habitait encore chez son père ? Pourquoi renoncer à l'univers qu'elle aimait tant ?

Ainsi, chacune des nuits qui suivit, Brita laissa son époux profondément endormi, et se glissa dehors avec mille stratagèmes pour esquiver des gardes plus soucieux d'interdire l'entrée de la villa à d'éventuels intrus, que de l'empêcher de sortir.

De la sorte, sa vie était presque parfaite. Mais qu'en serait-il lorsque son enfant serait là ? Plus que tout, Brita était déterminée à ne jamais se comporter comme sa propre mère.

Plutôt mourir ! se répétait-elle.

Ce fut au cours de l'une de ses escapades nocturnes qu'elle se retrouva à l'endroit où Asterion l'avait retrouvée pour admirer la traînée d'argent dessinée par la pleine lune sur la mer d'huile. Là où il l'avait embrassée pour la première fois...

Mais rien n'était pareil à cette nuit-là.

Lorsqu'elle s'échappait de la vieille demeure des Martis, Brita avait toujours joui d'une liberté sans entraves. Tous ses soucis s'évaporaient, tandis qu'elle s'enfonçait avec ravissement dans l'obscurité protectrice. Elle était chez elle dans les collines, et l'image de sa famille s'effaçait totalement de son esprit, tout autant que leurs ridicules exigences.

Hélas, désormais, elle ne parvenait pas à penser à quoi que ce soit d'autre qu'Asterion !

Assise au bord de la falaise, comme elle l'avait toujours fait, Brita avait beau fixer la mer, elle ne voyait que son mari.

Des images ne cessaient de la hanter : Asterion rejetant

la tête en arrière tandis qu'il jouissait en elle ; les éclats de rire qui avaient transformé son visage sévère, en ce même endroit, aux premiers jours – il ne riait plus jamais comme cela ; son sourire, que les religieuses auraient certainement qualifié de licencieux, et qui suffisait pour qu'elle sente tout son corps s'embraser...

Mais aussi Asterion au cours de la nuit où ils avaient découvert qu'elle attendait leur enfant.

« Tu vas être mère, et ça change tout », avait-il martelé avec dans la voix une âpreté qu'elle ne lui avait jamais entendue.

Luttant pour surmonter les émotions qui se bousculaient en elle, Brita s'était contentée de répondre :

« Peut-être. Mais pas avant plusieurs mois... »

Asterion l'avait foudroyée d'un regard aussi féroce que si elle avait avoué le tromper – un regard qui avait bouleversé Brita. Comme si Héraclès lui avait montré les crocs.

Laissant échapper un long soupir, elle se demanda pourquoi tout ne pouvait être aussi simple que lorsque Asterion et elle étaient nus, dans les bras l'un de l'autre.

Dans ces moments-là, les choses étaient aussi harmonieuses qu'une symphonie. Et chacune des parties de son corps s'accordait à la perfection avec celui d'Asterion. Comme s'ils n'étaient venus sur terre que pour jouer ensemble une partition tellement mélodieuse qu'elle faisait oublier jusqu'à la beauté de la lune et du soleil.

Même lorsque Asterion se montrait plus sombre, plus farouche qu'il n'était supportable, Brita ne pouvait s'empêcher d'avoir envie de poser les mains sur lui. D'être près de lui. Et pas seulement pour qu'il lui fasse l'amour, quand bien même elle adorait ça.

Autrefois, les seuls moments où elle était en paix avec elle-même, c'était lorsqu'elle sillonnait ses chères collines. Mais cette belle tranquillité d'esprit l'avait totalement abandonnée.

En cet instant, elle n'avait qu'une hâte : retourner à la villa pour se lover contre Asterion.

Car, dorénavant, c'est seulement dans ses bras que Brita se sentait en sécurité.

Qu'elle était chez elle !

En définitive, le plaisir physique qu'il lui donnait n'était rien d'autre que... la cerise sur le gâteau.

Prendre conscience de cette réalité était un véritable bouleversement. Car, jusque-là, Brita ne s'était jamais sentie « chez elle » nulle part.

Soudain, face aux reflets de la lune dessinant une passerelle enchantée sur la mer, tout devenait limpide à ses yeux : cet amour qui n'avait cessé de croître en elle, l'imprégnant d'une lumière intérieure, n'avait pas pour seul objet l'enfant qu'elle portait en son sein.

Comment avait-elle pu passer à côté de cette vérité ?

Elle était amoureuse d'Asterion.

Éperdument amoureuse.

Ces mots, qu'elle ne formulait qu'en pensée, étaient comme des bulles de joie explosant en elle, la laissant éblouie. D'un bond, Brita fut debout et s'élança sur le chemin conduisant à la villa, Héraclès sur ses talons.

Comment demeurer plus longtemps loin de celui que cette formidable découverte concernait au premier chef ? Comment ne pas partager avec Asterion cette fantastique illumination ?

Enfin, tout prenait sens ! Brita comprenait, avec la force d'une évidence, qu'elle désirait bien davantage courir vers son époux que le fuir. Car c'était seulement auprès d'Asterion qu'elle trouvait le foyer qui lui avait si longtemps manqué.

De plus, n'était-il pas extraordinaire – maintenant qu'elle avait enfin compris – d'être en mesure d'arranger les choses ? Peut-être, alors, Asterion redeviendrait-il l'homme qu'elle avait rencontré ?

Il avait beau prétendre avoir menti, Brita était capable de repérer un menteur de prime abord. Pour son malheur, elle en avait fréquenté bien plus qu'elle ne l'aurait souhaité. Des imposteurs.

Asterion n'en faisait pas partie.

Qui sait si, au soir de leur premier baiser, il n'avait pas joui d'une liberté toute nouvelle pour lui ? Ne parviendraient-ils, ensemble, à lui faire retrouver cette sensation ?

Brita ne prit pas la peine de s'infiltrer en douce dans le labyrinthe accroché à flanc de rocher, ni ne s'efforça de tirer parti de l'obscurité. Ayant abandonné arc et carquois là où elle avait coutume de les déposer, elle s'avança fièrement au milieu des gardes. Souriante, elle leva les bras au-dessus de sa tête tandis qu'ils l'entouraient.

Mais lorsque Héraclès, demeuré à distance, manifesta son mécontentement par un long hurlement, les hommes se retournèrent brusquement vers ce son sinistre comme si toute une meute de loups était prête à se jeter sur eux.

Après d'interminables discussions murmurées dans des oreillettes et autres talkies-walkies, Brita fut enfin escortée – de façon un peu théâtrale, songea-t-elle – jusque sous le dôme de l'entrée. Puis, tournant les talons, les cerbères la laissèrent descendre seule le grand escalier central.

Cette étrange demeure, qui était devenue la sienne, ne manquait pas d'escaliers de toutes sortes, mais c'était celui qu'elle aimait le mieux. Il plongeait en colimaçon jusqu'au niveau inférieur, en donnant l'impression que l'on flottait au-dessus de la mer. Brita n'avait pas encore complètement exploré tous les recoins de sa nouvelle maison. L'endroit ressemblait à un gigantesque dédale de verre et d'acier, empilant les pièces aux parois transparentes pour se terminer à l'étage d'où Asterion exerçait son pouvoir sur une partie du monde – comme le lui avait murmuré à l'oreille un participant, bien intentionné, à l'une des interminables réceptions où elle accompagnait son mari.

Cependant, l'escalier hélicoïdal parlait davantage d'art que de négoce, et Brita adorait la sensation qu'elle y trouvait de danser au-dessus des flots dans un jaillissement de lumière.

Elle voltigea d'un palier à l'autre, le long des spirales la conduisant jusqu'au lieu où elle se sentait le plus chez elle : l'immense chambre et le somptueux séjour où l'attendait, encore une fois, Asterion.

Il affichait une mine aussi sombre que s'il désirait abolir jusqu'à la clarté de la lune. Marquant une pause, avant de dégringoler les derniers degrés, Brita observa son mari.

L'homme qu'elle avait épousé. Dont elle avait accepté qu'il s'insinue dans son corps.

Celui qui lui avait fait un enfant.

L'avait-elle aimé dès le premier instant ? se demanda-t-elle. Lorsqu'il lui était apparu comme un rêve incarné, à la porte de la vieille cuisine de sa maison familiale. Un rêve qui la hantait depuis toujours, sans que jamais elle ne mette un visage sur cette image. Mais quand il s'était avancé, révélant sa physionomie en pleine lumière, Brita avait eu l'impression d'avoir toujours connu ces traits altiers.

Pour l'instant, Asterion avait toute l'apparence de quelqu'un qui vient tout juste d'être arraché au sommeil. Pour autant que Brita s'en souvienne, il n'avait jamais semblé aussi ébouriffé. Le désordre de ses boucles brunes était même un défi à l'ordre quasi militaire qu'il leur imposait le plus souvent.

Brita en conclut qu'Asterion n'était pas tout à fait lui-même.

Et puis, il avait cette expression désenchantée qu'elle détestait ; qui lui serrait le cœur. Cela donnait envie à Brita de courir se jeter dans ses bras...

Elle était sur le point d'y céder, quand quelque chose dans la façon dont il la dévisageait, l'en empêcha. Elle demeura figée, sur la marche où elle s'était arrêtée, comme si elle se retrouvait face à quelque créature sauvage, dangereusement blessée.

— Tu ne me laisses aucun choix, grommela Asterion d'une voix au grain aussi rêche que du papier abrasif. Il est hors de question d'abandonner ta protection au simple hasard.

Le cœur de Brita battait follement. Elle étouffait de l'envie de s'ouvrir à Asterion de tous les sentiments dont elle venait de prendre conscience. Néanmoins, ce qu'il venait de dire lui fit comprendre que le moment n'était pas le mieux choisi pour cela.

— De quoi parles-tu ? questionna-t-elle d'une voix douce. Tu n'as pas oublié que je suis à même d'assurer ma propre protection, non ? Et cela depuis bien longtemps, Asterion.

Le visage de son mari s'assombrit.

— La situation a changé, dit-il. Tu ne portes pas seulement mon nom, mais aussi mon enfant. Le futur héritier de tout ce que j'ai construit, et de la moitié de ce qu'ont bâti mes ancêtres.

Pour un peu, Brita aurait éclaté de rire. Quelle importance pouvait-on accorder à ce genre de choses, quand le monde extérieur vous tendait les bras, de l'autre côté des vitres de cette maison ?

Or, la terre fourmillait d'une infinité de merveilles qu'on ne pouvait découvrir qu'en totale liberté. Non en s'enfermant dans des palais défendus par des sentinelles. Et peu importait le nombre de fenêtres dont le lieu était doté, pour laisser entrer la lumière.

Pourquoi Asterion refusait-il que leur enfant jouisse librement de toutes ces splendeurs ?

— Voyons, Asterion, commença-t-elle, comment peux-tu douter que je ne mette autant de soin à protéger ton héritier – *mon* enfant – que j'en ai toujours mis à assurer ma propre protection ?

Elle sourit, tout en sachant ce que son sourire avait d'affecté.

Comme celui des femmes qu'elle croisait dans les soirées où Asterion la traînait. Comme si ce sourire cachait quelque intention, au lieu d'être spontané.

— Aurais-tu oublié, reprit-elle, que j'ai failli t'embrocher contre un arbre. J'y serais parvenue, si je l'avais voulu.

— Je n'ai rien oublié.

Cette dénégation avait tout d'une accusation de la part d'Asterion.

Brita descendit une marche de plus, dévisageant l'homme qui se tenait devant elle, dans toute sa splendeur de mâle. Il avait simplement enfilé un pantalon dont il n'avait même pas fermé la ceinture. Le vêtement était juste accroché à ses hanches étroites, révélant le ventre plat où se devinait une toison brune, un peu au-dessous du nombril – une vision qui la faisait frissonner.

Comment oublierait-elle que sa bouche s'était promenée sur la moindre parcelle de ce corps, et qu'elle n'en était jamais rassasiée ? Il y avait à peine quelques heures que Brita avait accueilli Asterion en elle, et pourtant elle était déjà avide de recommencer.

Jamais elle n'avait éprouvé pareille insatiabilité !

— Je t'ai prévenue, recommença Asterion de cette voix désabusée qui heurtait Brita. Je n'ai pas cessé de me répéter. Les choses ne peuvent continuer ainsi. Je n'accepte pas que tu méprises les mises en garde répétées que je t'ai adressées. Tu ne peux pas persister à te livrer à ces... enfantillages. Soit tu te plies à mes requêtes, soit tu finiras par être entraînée à ta perte. Le choix est entre tes mains, Brita. Mais sache bien que tous ces vagabondages dans la nature, où tu te mets en danger ainsi que *notre enfant*, sont terminés.

À ces mots, Brita fut sur le point de perdre son sang-froid. Cependant, la vie lui avait appris à se contrôler. De plus, songea-t-elle, à quoi bon discuter, quand Asterion tenait des propos aussi ridicules ?

Non, il aurait été plus intéressant de savoir ce qui le poussait à agir de la sorte. Mais il ne servirait à rien de le questionner. Elle avait essayé maintes fois, sans succès.

Alors, résolut Brita, mieux valait lui faire part de ce dont elle avait pris conscience, ce soir même. Cela seul importait.

— Tout à l'heure, fit-elle, je me suis assise sur la falaise où nous nous étions tenus tous les deux. J'aime y aller pour profiter de la beauté de l'île, sans penser à quoi que ce soit d'autre. Mais, ce soir, tu occupais toutes mes pensées. Alors, j'ai réalisé qu'avant toi, personne, jamais, n'était venu troubler les moments que je passe dans la nature.

Persuadée qu'Asterion allait comprendre où elle voulait en venir, Brita s'étonna qu'il continue à la fixer obstinément d'un regard vide, lugubre. En soupirant, elle se résolut à déclarer :

— Je t'aime, Asterion. J'en ai seulement pris conscience tout à l'heure...

Brita s'attendait à ce que cette révélation crée le même bouleversement que lorsque Asterion l'avait embrassée pour la première fois. Quand tout avait été mis sens dessus dessous, et que rien n'avait plus été comme avant.

Cependant, Asterion donnait plutôt l'impression d'être... oui, *mortifié* par cet aveu.

Alors, pour la première fois de sa vie, Brita eut la sensation que ses jambes menaçaient de céder sous elle.

— Eh bien, fit-il d'un ton sépulcral, c'est la pire chose que tu puisses me dire.

Asterion s'interrompit, avec une expression angoissée. L'épouvante perceptible dans sa voix, dans son regard, pesait sur Brita comme un lourd manteau.

— Tu aurais pu tout aussi bien nous condamner à notre perte, ajouta-t-il d'un air grave. J'espère que tu es contente de toi...

Si Brita avait eu besoin de savoir ce que l'on ressentait en étant frappé par l'une de ses flèches, pareille déclaration le lui aurait fait comprendre. Le cœur transpercé par une pointe acérée, elle venait d'être l'objet d'une indiscutable mise à mort. Il était même prodigieux qu'elle tienne encore debout ; qu'elle parvienne à respirer.

Elle s'était toujours imaginé qu'un coup pareil provoquait une mort instantanée. Cependant, elle était toujours debout, toujours vivante quand bien même elle aurait préféré avoir rendu l'âme. Le sang continuait à courir dans ses veines, prolongeant le supplice que les paroles d'Asterion lui avaient infligé.

— Tu comprends ce que je te dis ? lui lança-t-il. Je t'avais promis de te faire connaître l'amour physique. Je l'ai fait. Je m'étais aussi engagé à réaliser ton projet de refuge. Je tiendrai promesse. Mais il n'a jamais été question de *sentiments* entre nous. C'était le marché que nous avions conclu, non ?

— Sauf que les conditions de ce marché, comme tu le dis, ont changé, corrigea Brita sans savoir où elle en puisait la force.

Était-ce cela, l'amour ? se demanda-t-elle. Était-ce forcément entremêlé de souffrance ?

— *Moi*, j'ai changé, insista-t-elle. Et je ne pourrais pas revenir en arrière, Asterion, même si j'en avais le désir. Ce qui n'est nullement le cas, d'ailleurs. Je ne ferai pas machine arrière !

— Alors, dorénavant, tu peux te considérer comme prisonnière, Brita Teras. Car c'est ce que tu seras, tant que tu n'auras pas recouvré la raison.

11

Pendant quelques secondes, Brita sembla anéantie, et Asterion en fut ébranlé au-delà de tout ce qu'il aurait pu imaginer.

Mais peut-être s'était-il fait des idées ? songea-t-il. Car déjà elle relevait le menton d'un air de défi, une lueur belliqueuse dans ses grands yeux.

Asterion retrouvait la Diane chasseresse qui hantait ses nuits, peuplées des rêves les plus fous.

Au fond, il n'aurait pas détesté que sa magnifique épouse soit aussi accablée qu'il l'avait d'abord cru. Qu'il ait enfin trouvé le moyen de l'atteindre. Fallait-il qu'il soit véritablement un monstre, pour éprouver ce genre de choses à l'égard de sa propre compagne ?

Lorsqu'elle répondit à l'avertissement qu'il lui avait lancé, Brita le fit d'une voix enrouée, mais avec autant d'assurance que si elle s'était entretenue de quelque chose d'aussi banal que le beau temps.

— Ce n'est pas moi qui ai besoin de recouvrer la raison, Asterion, dit-elle. Tu peux m'enfermer aussi longtemps que tu le voudras, je ne cesserai jamais de t'aimer. Que cela te plaise ou non.

— C'est impossible ! tonna Asterion. Je t'interdis de m'aimer !

Cette semonce venait du plus profond de son être, et il fut horrifié de l'avoir prononcée. Mais la seule réaction de Brita fut d'éclater de rire, lui donnant l'impression que quelque chose se brisait en lui.

Comme lorsqu'il avait perdu conscience, dans le fracas de tôles froissées, les tonneaux interminables du véhicule, avant de revenir à lui et d'être submergé par l'horreur. De nouveau Asterion était englouti par l'obscurité, tandis que Brita continuait à rire.

— Tu ne peux pas m'interdire quoi que ce soit, dit-elle entre deux hoquets. Je suis ta femme, pas une domestique. Libre à toi de me donner tous les ordres qu'il te plaira. Je n'y obéirai que si j'en ai envie.

Son rire s'éteignit, et son regard se fit plus grave.

— Je suis désolée de te décevoir, reprit-elle. Néanmoins, pas suffisamment pour me plier à tes requêtes, comme si j'étais à ton service.

— Tu vas devoir m'écouter, objecta Asterion en s'avançant vers Brita.

Il savait pertinemment tout ce qu'il avait à perdre en posant ses mains sur elle, pourtant il ne put s'en empêcher. Comme d'habitude, il fut envahi par cette sensation de délicieuse chaleur émanant d'elle. Et par ce désir insatiable que Brita lui inspirait.

Asterion avait une conscience aiguë d'être complètement envoûté par cette femme. Et c'était bien là le cœur du problème. Il était trop tard pour se libérer de ce sortilège.

Pourtant, n'était-il pas déterminé à ce que leur couple ne finisse pas comme celui de ses parents ?

Le monstre tapi au plus profond de son être – le fameux Ogre de la Méditerranée –, comprenait enfin des choses qui lui avaient toujours échappé – des situations qu'il avait absolument condamnées.

Comme lorsque son père prenait sa mère aux épaules pour la secouer. Allait-il franchir, lui aussi, cette ligne rouge qu'il s'était fixée ? Cesser de s'imaginer qu'il pouvait être meilleur que cela ?

Il y avait fort à parier que Brita ne réagirait pas comme sa mère, à *lui*, le faisait, laquelle se bornait à répondre par une gifle, avant de tomber dans les bras de son mari et de le couvrir de baisers, oubliant qu'ils venaient de se lancer à la tête tous les noms d'oiseaux imaginables.

Car c'était cela le carrousel endiablé sur lequel leur vie se déroulait. Et sur lequel ils entraînaient tout leur entourage, sans que personne n'ait son mot à dire.

Repoussant ces souvenirs douloureux, Asterion ne put faire autrement que se demander comment il lui était possible d'être taraudé par le besoin insensé de céder aux mêmes démons que ses parents.

Il semblait bien qu'il ait eu raison de toujours garder le plus étroit contrôle sur ses émotions. Dans ses veines couraient des passions qui ne pouvaient mener qu'aux ténèbres, au drame. De cela, Asterion était certain. N'avait-il pas vu, de ses propres yeux, comment les choses pouvaient se passer ?

— Ce qu'il y a entre nous n'est qu'un dangereux égarement, Brita, grommela-t-il. Une sorte de rage dont nous sommes atteints tous les deux. Tu nous crois capables de la surmonter, mais tu as tort.

Asterion agrippa Brita en haut des bras, s'obligeant à ne pas serrer. Pourtant, il avait déjà l'impression de franchir un pont qu'il n'aurait jamais dû emprunter, au-dessus d'un abîme insondable se rouvrant devant lui, surgi du passé.

— Je sais comment tout cela finira, reprit-il. C'est une fièvre qui nous consumera tous les deux.

Au lieu de s'écarter, de lutter pour se délivrer, Brita se rapprocha de lui, plongeant dans le sien un regard implorant.

— Quel mal y a-t-il à cela ? questionna-t-elle. Pourquoi ne pas l'accepter ?

— Tu ne réalises pas ! s'emporta Asterion. C'est comme un cancer. On a beau essayer toutes les thérapies possibles, cela ne fait que s'aggraver. Puis, avant même qu'on ne comprenne ce qu'il se passe, l'on devient incapable de se contrôler. Le démon, tapi en nous, finit par se déchaîner. Cela advient immanquablement. Le pire, c'est que l'on ne sait pas à l'avance qui seront les victimes que nous laisserons derrière nous.

Les beaux yeux de Brita brillèrent d'un éclat nouveau, rendant ses prunelles davantage argentées que dorées. À croire qu'elle s'efforçait d'être encore plus lumineuse qu'elle ne l'était déjà.

— Je ne comprends rien à ce que tu dis, protesta-t-elle.

Un instant, Asterion fut traversé par la tentation de se mettre à hurler, de lancer des objets contre les parois vitrées, de les faire exploser.

Comme l'auraient fait ses parents.

Mais n'était-ce pas exactement la raison pour laquelle il avait choisi de se créer une maison de verre ? Afin qu'il ne puisse jamais se laisser aller à ce genre d'excès. Pour éviter de reproduire les débordements auxquels se livraient ses parents, s'il ne voulait pas basculer dans les flots de la Méditerranée au milieu d'une pluie de fragments de vitres.

Il ne devait pas oublier qui il était. Même si cela lui était épouvantablement difficile.

S'obligeant à lâcher Brita, et à reculer de quelques pas, Asterion se mit à raconter :

— Mes parents prétendaient que leur relation était tumultueuse. En réalité, cela relevait davantage d'un supplice qu'ils s'infligeaient l'un à l'autre, jour après jour. Ce n'étaient que reproches, bagarres, hurlements. Ils se jetaient à la figure tout ce qui leur tombait sous la main. Les meubles volaient par les fenêtres. Ils vociféraient, échangeaient claques et horions, jusqu'au moment où ils tombaient dans les bras l'un de l'autre, disparaissant dans leur chambre pendant des jours entiers. Ils appelaient cela la passion. Sauf que ces outrances les détruisaient, ainsi que tous leurs proches.

Le regard de Brita se fit inquisiteur.

— Je peux t'assurer, dit-elle, que les relations humaines, dans la maison où j'ai grandi, n'auraient fait envie à personne. Pour autant, cela ne signifie pas que…

Asterion ne la laissa pas poursuivre. Entre ses dents serrées, il reprit sa narration, incapable d'y renoncer :

— Le drame a fini par survenir à l'occasion de l'une de leurs incessantes querelles. Poseidon et moi avions douze ans. Avec mon grand-père, nous les attendions dans le hall de la maison. Celle que ma grand-mère habite encore aujourd'hui. Mes parents étaient à l'étage, et nous entendions les meubles s'écraser contre les murs. Lorsqu'ils sont descendus, tous deux étaient échevelés. Ce qu'ils qualifiaient de « passion » ne les laissait pas exempts de contusions, dont ils disaient fièrement que c'étaient des « souvenirs ».

Jamais Asterion n'avait confié cette histoire à quiconque. Il ne l'évoquait même pas avec son frère, sinon à mots couverts.

Brita s'était avancée un peu plus, semblant prête à s'abandonner contre lui, bien qu'elle ne l'ait pas encore touché. Asterion regretta d'avoir entamé ce récit, mais c'était trop tard. Il ne pouvait plus s'arrêter.

— Mon père a insisté pour prendre le volant, sous les insultes de ma mère qui réclamait l'aide d'un de leurs chauffeurs. Je ne sais pas si tu te rappelles à quoi ressemble la route qui descend de chez ma grand-mère. Ce ne sont que des virages, certains en épingle.

Le hochement de tête de Brita, laissa à Asterion le temps de déglutir. Sa gorge était douloureusement sèche, mais cela ne le dissuada point d'enchaîner :

— Sous la pluie, c'est terriblement dangereux. Sauf que

mes parents étaient trop occupés à s'invectiver pour faire preuve de la plus élémentaire prudence. Comme d'habitude !

C'était un visage empreint d'une incroyable tristesse que Brita levait maintenant vers lui. Elle tendit la main, comme si elle se préparait à le toucher.

— Asterion…, fit-elle.

Il ne pouvait tolérer ni paroles de compassion, ni geste de tendresse. Mieux valait couper court.

— Nous étions tous dans la voiture, dit-il en hâte, lorsque mon père a pris le dernier virage trop vite pour apercevoir la grosse berline arrivant en sens inverse. Le choc était inévitable. Je me souviens seulement d'avoir entendu quelqu'un crier.

De nouveau, Brita murmura son prénom et cela apaisa un peu l'âme tourmentée d'Asterion. Le souvenir du cri entendu au moment de l'impact venait seulement de lui revenir. Il déglutit avec peine avant de reprendre :

— C'est un miracle que Poseidon et moi ayons survécu. Mais nous n'avons pas oublié ce qu'étaient véritablement nos parents. Les éloges dont ils ont été couverts, à leur mort, n'y ont rien changé. Alors, nous nous sommes promis que nous ne deviendrions jamais comme eux. Car on peut redouter que nous soyons, l'un et l'autre, habités par les mêmes démons.

Brita fronça les sourcils.

— Mais, enfin, rien ne prouve que…, commença-t-elle.

Levant une main pour l'interrompre, Asterion insista :

— Cela n'a jamais été un problème pour moi, Brita. J'apprécie le sexe et les femmes. Sans, pour autant, me laisser aller à m'investir dans une relation. C'est seulement avec toi que je me suis mis à craindre de perdre le contrôle de mes émotions, et à me demander si je ne me suis pas menti à moi-même, depuis toujours.

— Au sujet d'un événement qui s'est passé quand tu avais à peine douze ans, et dont tu n'es en rien responsable ?

Asterion sentit quelque chose se briser en lui – une chose très fragile qu'il y avait enfouie depuis l'accident.

— Ne vois-tu pas que je suis marqué du même sceau que mes géniteurs ? s'indigna-t-il. Que je suis destiné à devenir un monstre tout aussi terrible et enragé ? Je mérite amplement mon surnom. Je suis véritablement celui qu'on appelle l'Ogre de la Méditerranée ! L'Asterion Teras qui a construit un empire économique n'est autre qu'un imposteur.

Asterion n'aurait pas imaginé avoir autant de mal à prononcer pareil aveu. À révéler cette vérité déplaisante, et pourtant incontestable. Sa poitrine était aussi douloureuse que s'il avait gravi un sommet à la course. Tout son corps lui faisait mal, comme le jour où il s'était réveillé au milieu des tôles froissées de la voiture. Son regard était rivé à celui de Brita, et il était totalement incapable de s'en détourner.

Toutefois, le plus incompréhensible était qu'elle ne semblait en rien aussi horrifiée qu'elle aurait dû l'être.

Asterion lisait même dans les beaux yeux lumineux une indicible tendresse…

L'instant d'après, Brita pointa le menton vers lui, dans cette attitude combative dont Asterion n'avait jamais compris pourquoi il la trouvait si terriblement excitante. Dans son regard, il n'y avait plus une once de douceur, à présent. Elle le dévisageait avec un air de défi manifeste.

— Je m'en moque, lâcha-t-elle.

— Pardon ?

Le souffle coupé, Asterion vit Brita agiter la main d'une manière aussi péremptoire que Dimitra.

— Je m'en moque, grommela-t-elle. Je veux tout ce que tu es, Asterion. Y compris l'ogre. Crois-moi !

Dans le cœur d'Asterion, cette surprenante déclaration fit naître un frémissement qui ressemblait fort à un faible espoir. Sauf qu'il n'avait pas le droit d'y prêter l'oreille. Pas quand il avait été le témoin direct des ravages qu'une histoire d'amour était susceptible de causer.

Il n'en avait pas le droit !

— Tu devrais me fuir aussi vite que te le permettent tes jambes, Brita, martela-t-il douloureusement. Tu ferais mieux d'emporter notre enfant le plus loin possible, pour vous cacher, tous les deux, dans l'un de ces refuges secrets que tu aimes tant. Là où je ne pourrais pas vous retrouver.

Cette exhortation à laquelle Asterion s'était forcé – pourtant, il lui en coûtait épouvantablement –, n'eut d'autre effet que de déclencher un éclat de rire sonore de la part de Brita. Cette fois, elle rejetait la tête en arrière, comme pour mieux regarder vers les cieux et appeler à son aide tous les dieux de l'Olympe.

Asterion ne parvenait pas à décider si ce spectacle le mettait en rage, ou bien le ravissait.

— Si je décide de partir en courant, me poursuivras-tu ? interrogea Brita en inclinant la tête de côté.

Au tréfonds de son être, Asterion sentit s'éveiller les sourdes pulsations du désir.

— Je ne parle pas de ça, protesta-t-il.

Brita s'approcha, levant son visage de telle sorte qu'il n'était qu'à quelques centimètres du sien.

— N'oublie pas que si tu me prends en chasse, c'est moi qui aurai l'avantage, *agapi mou*, dit-elle avec ce même air de défi.

— Il ne s'agit pas d'un *jeu*, Brita. Je ne vais pas te courir après.

— Dommage ! Il me semble, pourtant, que c'est ce que nous n'avons pas cessé de faire, toi et moi, sans jamais l'admettre. Pourquoi ne pas laisser tomber les masques ? Pourquoi ne cesserions-nous pas de faire semblant ?

Le cœur d'Asterion battait tellement fort qu'il se demanda si un effet de résonance n'allait pas pulvériser les vitres.

— Ce serait prendre un trop grand risque, grommela-t-il.

Le ravissant visage se troubla. Pendant une fraction de seconde, Asterion eut conscience que les choses étaient bien plus difficiles, pour Brita, qu'il ne l'imaginait. Elle était prise dans une tempête identique à celle contre laquelle il luttait.

Puis elle cligna des yeux et l'expression belliqueuse réapparut sur ses traits. Le connaissait-elle suffisamment, se demanda Asterion, pour se douter qu'il avait davantage besoin d'être mis au défi que consolé ?

— Alors, si c'est *moi* qui sors victorieuse de la chasse, dit-elle, le trophée que je remporterai, ce sera *toi*. Avec tout ce que tu es.

Asterion n'avait pas l'habitude de perdre. Quelle que soit la nature du combat.

— Sauf que tu ne l'emporteras pas ! tonna-t-il.

Pendant quelques interminables secondes, ils demeurèrent face à face, se mesurant du regard avec la même détermination farouche. Asterion n'aurait su dire lequel de Brita ou de lui respirait d'une manière tellement audible.

Un sourire fugitif – à peine esquissé, déjà effacé – illumina le visage de Brita, pareil à du vif-argent.

— Je te souhaite bonne chance, déclara-t-elle d'un ton aussi cérémonieux que si elle avait prêté serment.

Puis, elle s'écarta d'Asterion et éclata de rire, avant d'ajouter :

— Tu vas en avoir besoin !

Alors, avant qu'il n'ait le temps de le réaliser, Brita fit volte-face et s'élança dans le grand escalier à la vitesse de l'éclair, offrant une vision dont Asterion était certain qu'elle resterait éternellement gravée dans son esprit : sa Diane chasseresse grimpant les marches quatre à quatre, son épaisse chevelure flottant derrière elle, telle une traîne d'un noir d'encre.

Il eut la présence d'esprit d'appeler ses gardes pour leur intimer de ne pas intervenir, puis se lança à sa poursuite.

Asterion avait supposé que Brita foncerait droit sur la porte d'entrée, mais elle n'en fit rien. Après une feinte à gauche, elle prit brusquement sur la droite, parcourant à la course cette maison dont il avait dessiné les plans, comme si elle la connaissait mieux que lui.

L'un poursuivant l'autre, ils se perdirent ensemble dans le labyrinthe créé par Asterion, et dont il croyait posséder les moindres recoins.

Sauf que, ce soir, il était hanté par l'image de la femme qu'il pourchassait, et qui ne lui apparaissait que par éclairs, une fois ici, une autre là. Le rire cristallin de Brita le précédait, tandis que son reflet dansait sur les vitres, hors de sa portée. À tel point qu'Asterion en venait à se demander s'il n'était pas simplement aux trousses de quelque création de son esprit.

Cependant, à aucun moment il ne songea abandonner cette chasse infructueuse. Peut-être l'aurait-il dû... mais il ne renonçait jamais au combat.

L'esprit de compétition n'était-il pas inscrit dans ses gènes ?

Il n'en demeura pas moins soulagé, lorsqu'il vit Brita enfiler les derniers degrés du grand escalier, en direction du dôme cristallin ouvrant sur l'extérieur. Sans réfléchir davantage, Asterion chargea sur les talons de Brita qui s'enfonçait dans l'obscurité, filant vers la forêt.

Et le jeu reprit de plus belle.

Jusqu'au moment où Asterion sentit se désagréger en lui les derniers vestiges de l'homme qu'il s'était efforcé d'être.

Plus rien n'existait hormis le martèlement de ses pieds sur la terre, les battements de son cœur, le feu embrasant son sexe et coulant dans ses veines. Et le prénom de cette femme résonnant à ses oreilles comme le crépitement de la pluie.

Soudain, il prenait conscience que Brita faisait intégralement partie de lui, en même temps qu'elle était la mélodie dont la nuit l'entourait, impalpable comme l'air.

Fascinante !

Par-dessus tout, elle lui appartenait !

« Je t'aime », avait-elle dit.

Or, Asterion ne doutait pas un instant qu'elle ait dit vrai. Il l'avait lu dans son regard.

Sans qu'il comprenne trop pourquoi, il avait fallu ce jeu – qui n'en était pas vraiment un – pour qu'il s'imprègne de ces paroles ; qu'elles pénètrent en lui, à chacune de ses inspirations ; qu'elles parviennent à son oreille avec les rires perlés que Brita lançait dans la nuit.

Elle l'aimait. Et c'était quelque chose qu'elle n'avait dit ni lors de leur premier baiser, ni au pied de l'autel où on les avait mariés, ni même pendant leur nuit de noces – quand il l'avait fait gémir de plaisir, encore et encore, lui apprenant à connaître son propre corps.

Non, c'est ce soir que Brita lui avait fait cet aveu. Alors même qu'il n'était que reproches. Comme c'était le cas depuis plusieurs semaines.

Elle *l'aimait* !

Pourtant elle continuait à l'entraîner dans cette folle cavalcade au milieu de forêts sauvages qu'elle connaissait bien mieux que lui-même – mieux que quiconque ! –, avec une agilité et une célérité sans pareilles. Parfois Brita semblait sur le point de se laisser rattraper avant de s'enfuir à nouveau, l'invitant dans une danse qu'ils semblaient, curieusement, avoir déjà pratiquée ensemble.

De loin en loin, Asterion apercevait l'ombre du loup qu'elle avait apprivoisé. Il se demandait même pourquoi l'animal restait ainsi près de lui, sans jamais faire mine de vouloir l'attaquer. Devait-il y voir le signe qu'il l'acceptait ?

Leur jeu dura un temps qu'Asterion était incapable d'évaluer, jusqu'au moment où ils atteignirent le promontoire rocheux où ils avaient échangé leur premier baiser.

Là où Brita avait fini par prendre conscience de son amour pour lui, ainsi qu'elle l'avait dit.

N'était-ce pas l'aveu qu'Asterion espérait, plus que tout, entendre de nouveau dans cette bouche divine ?

Ils venaient d'atteindre la clairière dominant les flots, quand il vit Brita pivoter sur ses talons pour lui faire face. Il se figea, car elle tenait son arc qu'elle armait.

— Tu ne vas quand même pas me tirer dessus, non ? interrogea-t-il d'une voix caverneuse, méconnaissable.

À croire que l'ogre s'était réveillé en lui, bien qu'il ne s'en soucie pas autant qu'il l'aurait dû.

— Pourquoi pas ? murmura Brita.

Avant qu'Asterion n'ait le temps de lui intimer de baisser son arme, la flèche était partie.

Le choc le fit tomber à la renverse, et il se retrouva sur le dos, attendant la douleur fulgurante – étrangement, il s'y sentait prêt, et n'en tenait pas rigueur à sa Diane chasseresse...

Mais rien de tel ne survint.

Simplement, il vit Brita avancer vers lui, le fixant d'un regard d'acier. Quelle ne fut pas la surprise d'Asterion lorsqu'elle prit une autre flèche dans son carquois, arma l'arc et tira à nouveau !

Il ne tressaillit même pas. Pourtant, la flèche s'était plantée au niveau de son autre hanche. Le bruit sourd de l'impact ne laissait aucun doute. Un instant, il s'imagina que l'absence de souffrance était due à l'espèce de catalepsie dans laquelle le plongeait le double faisceau des prunelles argent et or, dardé sur lui.

Mais lorsque Asterion retrouva l'énergie suffisante pour essayer de comprendre ce qu'il lui arrivait, la lumière se fit dans son esprit. Brita l'avait visé avec une précision suffisante pour ne pas atteindre sa chair, plantant les deux projectiles dans la toile du pantalon ample qu'il portait ce soir-là, le clouant au sol – l'immobilisant, à moins de déchirer l'étoffe.

Cependant, avant même qu'il ne se décide à essayer de se délivrer, Brita vint se placer au-dessus de lui, jambes écartées de part et d'autre de son bassin. Pendant quelques secondes, elle le contempla sans mot dire. Enfin, elle sourit et jeta au sol arc et flèches. Puis, avec la dextérité dont il la savait capable, elle se dévêtit en quelques mouvements lestes.

Lorsqu'elle fut totalement nue, apparaissant aux yeux d'Asterion dans toute la splendeur marmoréenne de sa peau d'albâtre qui réfléchissait la clarté de la lune, Brita s'agenouilla entre ses cuisses et soutint son regard.

— Tu vois, dit-elle d'une voix caressante, j'ai gagné. Dorénavant, tu m'appartiens, Asterion Teras. Tu es à moi, *agapi mou*, pour aussi longtemps que nous vivrons. Et ne crois pas que tu pourras m'emprisonner. Pas plus que tu ne réussiras à soumettre à ta volonté l'enfant que je porte, ou tous ceux qui nous viendront ensuite. Ensemble, nous jouirons de notre entière liberté. Puis, quand il le faudra, nous saurons porter un masque pour nous produire en société, à ta convenance. Mais jamais, au grand jamais, nous n'oublierons ce que nous sommes vraiment.

— Brita, je ne veux pas te faire de mal, lâcha Asterion entre ses dents serrées.

— Mais je n'ai pas l'intention que tu m'en fasses, murmura Brita.

Après quoi, sans un mot de plus, elle porta les mains à la ceinture du pantalon déchiré d'Asterion, et libéra le sexe tendu de son carcan. Sans plus attendre, elle se pencha, le prit dans sa bouche, le soumettant longuement aux caresses de ses lèvres et de sa langue, l'aspirant aussi profondément qu'elle le pouvait.

Ne lui avait-il pas enseigné toutes les manières les plus expertes de lui donner du plaisir ? De le faire gémir, tandis qu'il glissait les doigts dans les longues mèches de jais, les enserrant entre ses poings noués ?

À plusieurs reprises, elle mena Asterion au bord de la jouissance, lui administrant une divine torture qui lui faisait presque regretter la morsure cuisante de l'une des flèches dont elle avait failli le transpercer.

Au bout d'un moment, Brita se redressa pour poser sur lui un regard scrutateur, contemplant son œuvre d'un air satisfait.

— Brita..., gémit Asterion d'une voix étranglée.

Elle mit bien plus de temps qu'il ne l'aurait souhaité à se positionner au-dessus de lui, avant de descendre lentement sur son érection pour qu'Asterion s'enfonce au plus profond de sa brûlante moiteur.

— Je n'ai pas besoin de te l'entendre dire, pour savoir que tu m'aimes, murmura-t-elle à son oreille. J'imagine que je suis la seule femme que tu aies jamais poursuivie, à la fois pour obéir à ta grand-mère et ce soir. Il ne peut y avoir qu'une seule raison à cela...

Tout en parlant, Brita n'avait cessé d'onduler le bassin, faisant voir à Asterion une myriade d'étoiles.

— Brita..., haleta-t-il.

Tout en continuant sa danse voluptueuse, elle plissa les yeux, ce qui n'empêcha nullement Asterion de voir briller le soleil et la lune dans ses prunelles enfiévrées.

— Je sais que tu me le diras bientôt, ajouta-t-elle. N'oublie jamais, Asterion, qu'où que nous soyons, même au milieu d'une salle de bal où tout n'est que faux-semblants, je reconnaîtrai en toi l'être indomptable que tu es vraiment. Tous les déguisements n'y feront rien !

— Brita..., redit Asterion.

— Chut... je sais.

Alors, sous la pâle clarté tombant des étoiles, Asterion

comprit combien il était inutile qu'il cherche à exercer sur Brita quelque contrôle que ce soit.

Elle ne s'enfuirait pas.

Ensemble, ils avaient créé la magie de ces instants sous la lune. Ensemble, ils avaient atteint une liberté dans laquelle ils puisaient la force de leur amour.

La passion n'était dangereuse que lorsqu'elle devenait toxique. Ils sauraient faire que cela n'advienne pas, sans avoir pour autant besoin de se dominer l'un l'autre.

Brita n'était pas un personnage chimérique, et lui-même n'avait rien d'un ogre. Ils n'étaient que deux êtres de chair et de sang qui s'appartenaient l'un l'autre.

Comme en cet instant.

Ce fut alors que Brita catapulta Asterion au plus haut du cosmos, dans un déferlement de plaisir qu'il n'aurait pu maîtriser – ce dont il n'avait nulle envie.

Et, tandis qu'ils jouissaient ensemble, Asterion ne cessa de murmurer :

— Je t'appartiens, ma sauvageonne. Je t'appartiens à tout jamais.

Lorsqu'ils jouirent une nouvelle fois, Asterion hurla cette profession de foi en direction de la lune. Si fort, que Brita affirma ensuite avoir entendu l'astre étincelant s'en faire l'écho.

12

En vérité, tout devint différent après cette nuit, et Asterion ne put que s'en réjouir.

Non pas qu'il cessât d'être celui qu'il était au tréfonds de son être – s'autorisant, parfois, à montrer un visage sévère et grave, ce que son épouse ne manquait pas de lui faire remarquer. Néanmoins, la nature de leur relation s'était transformée, grâce à cette folle poursuite sous la lune.

Tout cela parce que Brita avait montré qu'elle l'aimait suffisamment pour se battre pour lui.

Ainsi, au fur et à mesure que s'écoulaient les jours, puis les mois, et les années, le désespoir qu'Asterion avait toujours connu s'effaça peu à peu, laissant place à davantage de gaieté.

Parce qu'il aimait suffisamment sa femme pour se battre pour elle.

Brita lui donna la plus délicieuse des petites filles. Elle était aussi indomptable que sa mère, même si on l'avait baptisée du prénom de sa grand-mère paternelle – laquelle avait accepté cet hommage d'un simple hochement de tête, sans parvenir à empêcher une larme de rouler sur sa joue ridée.

Enfin, Asterion et Brita décidèrent qu'il était temps de créer le refuge dont elle rêvait depuis si longtemps.

Il était clair qu'un seul lieu convenait pour cela. Aussi, quand bien même Asterion avait offert à la famille de Brita une compensation financière plus que confortable lorsqu'il avait demandé sa main, il se décida à reprendre le chemin de la vieille villa. Cette fois, il se fit accompagner par sa femme, pour une ultime proposition aux Martis.

— Vous allez devoir quitter les lieux, déclara Brita devant sa parentèle, avec ce calme olympien qui les mettait en rage. Il est vrai que la villa me reviendra à votre mort, et je pourrais me contenter d'attendre ce jour-là. Mais je n'en ai pas le temps. Aussi vais-je vous demander de partir, en me laissant la libre disposition de cet endroit.

Disant cela, Brita avait tourné vers son père un sourire carnassier. Pour toute réponse, Vasilis se contenta de la fusiller du regard. Ce fut la belle-mère de Brita qui déclara d'un ton glacial :

— Comme tu viens de le souligner, avec la plus totale grossièreté, cette maison finira par te revenir. Alors, pourquoi prendrions-nous l'initiative de te la céder séance tenante ?

— Parce que je vous offrirai, en échange, la résidence de votre choix, intervint Asterion. La seule condition sera que vous abandonniez totalement cette propriété, et même cette partie de l'île, à votre fille. Si jamais l'envie vous prenait d'y remettre les pieds, vous seriez immédiatement arrêtés pour violation de propriété. Que les choses soient bien claires !

Les fantasmes d'immobilier de luxe qu'il vit briller sur-le-champ dans les regards cupides de sa belle-famille, ne firent même pas hausser un sourcil à Asterion, soucieux qu'il était de les reloger aussi loin de sa merveilleuse épouse qu'il lui était possible.

Brita consacra deux années entières à faire rénover la villa, s'attachant à mettre en valeur l'histoire du lieu, et s'assurant de garder le personnel qui avait œuvré pour sa famille et dont elle s'était fait de précieux amis – les seuls qu'elle possédât, à vrai dire.

L'aînée de leurs enfants avait atteint l'âge de trois ans, et Brita attendait déjà une deuxième naissance, lorsque le refuge fut enfin achevé.

— Comme tu peux le voir, je suis un homme de parole, déclara Asterion tandis qu'ils accueillaient les invités pour le gala d'ouverture. J'ai tenu mes promesses.

La villa avait retrouvé toute son ancienne splendeur, et elle abriterait désormais la Fondation pour la protection de la nature dirigée par Brita.

— Ce n'était pas très compliqué, répliqua-t-elle. Tu auras toute une vie pour honorer les autres.

Elle s'était exprimée d'un air désinvolte que démentait la façon dont brillaient ses yeux. Puis, elle l'embrassa sur la bouche, au vu et au su de tout le monde, comme elle aimait particulièrement à le faire.

Peut-être pour montrer à tous que son époux bien-aimé gardait en lui une part d'excentricité... Que l'état de nature n'était jamais très loin sous le masque de l'homme d'affaires...

Quelques années plus tard, Asterion regagna leur demeure de verre et d'acier après un déplacement professionnel, pour la découvrir vide. Manifestement, son épouse et leurs cinq enfants étaient partis pour l'une de ces excursions qu'ils appréciaient autant les uns que les autres. Dimitra aussi, venue passer quelques jours chez eux, était absente. La vieille dame consacrait de plus en plus de temps à ses trois petites-filles et aux deux garçons jumeaux nés à leur suite, ne semblant pas fatiguée le moins du monde par le joyeux chaos que la petite troupe faisait régner dans le labyrinthe accroché à la falaise.

Une fois qu'il se fut douché, Asterion reprit l'escalier hélicoïdal qui lui rappelait tant la nuit où la femme de sa vie l'avait entraîné à sa poursuite, jusqu'à le réduire littéralement à sa merci – avec l'aide d'un arc et de deux flèches...

Asterion n'ignorait pas qu'il était le plus heureux des

hommes, et il s'employait à faire tout son possible pour préserver ce bonheur.

Une fois dehors, il emprunta l'un des sentiers désormais tracés entre la villa et les endroits préférés de Brita. Du coin de l'œil, il vit qu'il était surveillé par Héraclès. Le loup était l'animal favori de ses enfants, lesquels étaient persuadés qu'il montait la garde pour les défendre toutes les nuits. Quand bien même la bête ne s'était pas vraiment prise d'affection pour Asterion, elle semblait avoir à cœur de protéger l'époux de sa maîtresse.

Le chemin conduisait jusqu'à cet espace, en haut de la falaise, qu'Asterion considérerait éternellement comme leur lieu privilégié, à sa formidable compagne et lui. Comme il l'avait fait, bien des années auparavant, il s'arrêta au bord de la clairière dominant la mer. Ainsi qu'il l'avait prévu, sa femme – sa déesse, la mère de ses enfants, sa sauvageonne – était assise face au soleil couchant, entourée de ses petits.

— Faites-moi un peu de place, dit-il en se glissant dans le groupe, prenant contre lui les deux plus jeunes qui poussèrent des cris de joie de le voir revenu.

Souriant à Brita, il ajouta :

— Vous savez bien que je déteste rater le coucher de soleil.

Asterion prenait toujours garde à partager ces moments avec sa famille, mettant de côté ses affaires chaque fois qu'il le pouvait.

Il avait hâte que vienne le jour où il enseignerait à ses enfants comment diriger l'empire qu'il avait créé pour eux, avant de voir ce qu'ils en feraient.

Mais Brita leur apprenait déjà à aimer leur île, et la planète sur laquelle elle se trouvait. Exactement comme elle lui avait appris à jouir en toute liberté de l'amour qu'ils éprouvaient l'un pour l'autre. Et de tout ce qui avait véritablement du sens.

Pour l'instant, Asterion avait bien l'intention de profiter

des derniers rayons du soleil, auprès des siens, jusqu'à ce que la nuit les ramène chez eux.

Pas tout de suite, pensa-t-il. Pas tant qu'il pourrait garder tout son petit monde sous son aile, dans la clarté de la lune.

Ces instants magiques qu'Asterion adorait.

Vous avez aimé ce roman ?
Découvrez l'histoire de Poseidon, le jumeau d'Asterion,
dès le mois de juin dans votre collection Azur !